闻一多精品选

中国书籍文学馆 大师经典

闻一多 ◎ 著

中国书籍出版社
China Book Press

图书在版编目（CIP）数据

闻一多精品选 / 闻一多著.—北京：中国书籍出版社，2014.3
（中国书籍文学馆·大师经典）
ISBN 978-7-5068-3929-7

Ⅰ.①闻… Ⅱ.①闻… Ⅲ.①中国文学—现代文学—作品综合集
Ⅳ.①I216.2

中国版本图书馆CIP数据核字（2013）第306322号

闻一多精品选

闻一多 著

图书策划	武　斌　崔付建
责任编辑	毕　磊
责任印制	孙马飞　马　芝
出版发行	中国书籍出版社
地　　址	北京市丰台区三路居路97号（邮编：100073）
电　　话	（010）52257143（总编室）（010）52257140（发行部）
电子邮箱	eo@chinabp.com.cn
经　　销	全国新华书店
印　　刷	阳谷毕升印务有限公司
开　　本	710毫米×960毫米　1/16
字　　数	296千字
印　　张	23
版　　次	2014年6月第1版　2021年1月第5次印刷
书　　号	ISBN 978-7-5068-3929-7
定　　价	39.80元

版权所有　翻印必究

出版前言

我国现代文学是指用现代文学语言与文学形式，表达现代中国人思想、情感、心理的文学。是在20世纪初"五四"新文化运动的影响下，广泛接受外国文学影响而形成的新兴文学。其不仅用现代语言表现现代科学民主思想，而且在艺术形式和表现手法上都对传统文学进行了革新，建立了新的文学体裁，在叙述角度、抒情方式、描写手段以及结构组成等方面，都有新的创造。

我国现代文学的主流是人民的文学，集中表现为大大加强了文学与人民群众的结合，文学与进步社会思潮及民族解放、革命运动的自觉联系，构成了我国现代文学的基本历史特点与传统。此时的文学，以表现普通人民生活、改造民族性格和社会人生为根本任务。

在创作实践上，我国现代文学中出现了从未有过的彻底反封建的新主题和新人物，普通农民与下层人民，以及具有民主倾向的新式知识分子，成为了文学主人公，充分展示了批判封建旧道德、旧传统、旧制度以及表现下层人民不幸、改造国民性与争取个性解放等全新主题。也是通过这些内涵和元素，现代文学对推动历史进步起到了独特作用。

我们已经跨入21世纪，今天的历史状况和时代主题与现代文学的成长背景存在巨大差异，但文学表现人物、反映社会、推动进步的主旨并没有改变，在此背景下，我们非常有必要重温现代文学的经验，吸取其有益的因素，开创我们新世纪的文学春天。我们编选《中国书籍文学馆·大师经典》丛书，精选鲁迅、郁达夫、闻一多、徐志摩、朱自清、萧红、夏丏尊、邹韬奋、鲁彦、梁遇春、戴望舒、郑振铎、庐隐、许地山、石评梅、李叔同、朱湘、林徽因、苏曼殊、章衣萍等我国现代著名作家的文学作品，正是为了向今天的读者展示现代文学的成就，让当代文学在与现代文学的对话中开拓创新，生机盎然。因为这些著名作家都是我国现代文学的开拓者和各种文学形式的集大成者，他们的作品来源于他们生活的时代，包含了作家本人对社会、生活的体验与思考，影响着社会的发展进程，具有永恒的魅力。

中国书籍出版社
2014年1月

闻一多简介

闻一多(1899～1946)原名闻家骅,又名多、亦多、一多,字友三、友山等。湖北黄冈浠水人。他是我国现代伟大的爱国主义者、坚定的民主战士、中国民主同盟早期领导人、诗人、学者。

闻一多出生在一个诗书世家,他的父亲是清末秀才,具有维新思想,受家庭影响,他自幼爱好古典诗词和美术。1904年,他在父亲安排下进入私塾读书,除熟读《三字经》《幼学琼林》《四书》等旧学外,还采用当时新编的教材,学习国文、历史、博物等课程。

1910年,闻一多进入武昌两湖师范附属小学读书,他在课余热心阅读各种报纸和介绍西方文学的书刊。1912年春天,他考取北京清华学校。他学习刻苦,成绩优异,兴趣广泛,喜读中国古代诗集、诗话、史书、笔记等。

1913年,他进入北京清华学校中等科学习,期间和同学自编自演独幕话剧《革命军》。1914年,他担任《清华周刊》编辑。随后他开始在周刊上发表系列读书笔记,总称《二月庐漫记》,同时创作旧体诗。

1917年,闻一多从清华学校中等科毕业,进入高等科学习。1919年"五四运动"爆发后,他手书岳飞的《满江红》,贴于学校。他毅然投身于这一伟大斗争中,发表演说,创作新诗,成为新文化运动的拓荒者之一,并作为清华学生代表,赴上海参加全国学生联合会成立大会。

1920年4月,闻一多发表第一篇白话文《旅客式的学生》。同年9月,他发表第一首新诗《西岸》。后发起成立清华文学社,写成了《律诗底研究》,开始系统地研究新诗格律化的理论。

闻一多在清华学习期间，他在所作的《李白之死》《红荷之魂》等诗中，成功地运用中国传统诗歌题材和形象词汇等，抒发他心中的理想与爱情，很具有影响性。

1922年7月，闻一多赴美留学，他先后在芝加哥美术学院等处接受西洋美术教育。期间，他对新文学特别是新诗产生了浓厚的兴趣，并与著名作家梁实秋合著了《冬夜草儿评论》，表现了他早期对新诗的看法。

目录

— 诗歌 —

红　烛	2
李白之死	5
剑　匣	13
西　岸	23
雨　夜	27
雪	29
睡　者	31
黄　昏	33
时间底教训	35
二月庐	37
快　乐	39
美与爱	40
诗　人	42
贡　臣	44

游戏之祸	45
花儿开过了	46
十一年一月二日作	48
死	50
深夜底泪	52
春之首章	54
春之末章	56
爱之神——题画	58
谢罪以后	60
黄　鸟	62
艺术底忠臣	64
初夏一夜底印象	66
诗　债	68
红荷之魂	70
别　后	73
孤　雁	75
太平洋舟中见一明星	79
火　柴	81
玄　思	82
我是一个流囚	84

目录

寄怀实秋	86
晴　朝	88
记　忆	91
太阳吟	92
忆　菊	95
秋　色	99
废　园	104
小　溪	105
稚　松	106
烂　果	107
色　彩	108
梦　者	109
红　豆	110
口　供	128
"你指着太阳起誓"	129
大鼓师	130
你莫怨我	133
你　看	135
也　许	137
泪　雨	139

末　日	141
死　水	142
春　光	144
黄　昏	145
我要回来	146
夜　歌	148
心　跳	150
一个观念	152
发　现	153
祈　祷	154
一句话	156
飞毛腿	158
闻一多先生的书桌	160
奇　迹	162
园　内	165
渔阳曲	181
七子之歌	189
爱国的心	193
我是中国人	194
长城下之哀歌	198

叫卖歌	206
南海之神	208
唁　词	215
欺负着了	217
答　辩	219

— 文艺杂谈 —

《女神》之时代精神	222
文艺与爱国	231
《烙印记》序	233
文学的历史动向	237
论文艺的民主问题	243
诗的格律	247
诗人的横蛮	255
戏剧的歧途	257
宫体诗的自赎	261
复古的空气	273
龙　凤	278
道教的精神	282
说　舞	290
人民的诗人——屈原	296

散文

五四运动的历史法则	300
五四断想	304
人民的世纪	306
妇女解放问题	309
谨防汉奸合法化	313
"一二·一"运动始末记	315
美国化的清华	318
可怕的冷静	321
关于儒·道·土匪	324
愈战愈强	329
什么是儒家	332
一个白日梦	337
青　岛	340

演讲

艾青和田间	344
最后一次的讲演	346
在鲁迅追悼会上的讲话	349
五四历史座谈	350

文学馆

诗歌

闻一多精品选

红　烛

　　　　　　　蜡炬成灰泪始干

　　　　　　　　　　——李商隐

红烛啊！
这样红的烛！
诗人啊！
吐出你的心来比比，
可是一般颜色？

红烛啊！
是谁制的蜡——给你躯体？
是谁点的火——点着灵魂？

为何更须烧蜡成灰，
然后才放光出？
一误再误；
矛盾！冲突！

红烛啊！
不误，不误！
原是要"烧"出你的光束——
这正是自然底方法。

红烛啊！
既制了，便烧着！
烧罢！烧罢！
烧破世人底梦，
烧沸世人底血——
也救出他们的灵魂，
也捣破他们的监狱！

红烛啊！
你心火发光之期，
正是泪流开始之日。

红烛啊！
匠人造了你，
原是为烧的。
既已烧着，

又何苦伤心流泪？
哦！我知道了！
是残风来侵你的光芒，
你烧得不稳时，
才着急得流泪！

红烛啊！
流罢！你怎能不流呢？
请将你的脂膏，
不息地流向人间，
培出慰藉底花儿，
结成快乐的果子！

红烛啊！
你流一滴泪，灰一分心。
灰心流泪你的果，
创造光明你的因。

红烛啊！
"莫问收获，但问耕耘。"

李白之死

　　世俗流传太白以捉月骑鲸而终，本属荒诞。此诗所述亦凭臆造，无非欲藉以描画诗人底人格罢了。读者不要当作历史看就对了。

　　　　我本楚狂人，
　　　　凤歌笑孔丘。
　　　　　　——李　白

一对龙烛已烧得只剩光杆两枝，
却又借回已流出的浓泪底余脂，
牵延着欲断不断的弥留的残火，
在夜底喘息里无效地抖擞振作。
杯盘狼藉在案上，酒坛睡倒在地下，
醉客散了，如同散阵投巢的乌鸦；
只那醉得最很，醉得如泥的李青莲

（全身底骨架如同脱了榫的一般）
还歪倒倒的在花园底椅上堆着，
口里喃喃地，不知到底说些什么。

声音听不见了，嘴唇还喋着不止；
忽地那络着密密红丝网的眼珠子，
（他自身也便像一个微小的醉汉）
对着那怯懦的烛焰瞪了半天：
仿佛一只饿狮，发见了一个小兽，
一声不响，两眼睁睁地望他尽瞅；
然后轻轻地缓缓地举起前脚，
便迅雷不及掩耳，忽地往前扑着——
像这样，桌上两对角摆着的烛架，
都被这个醉汉拉倒在地下。

"哼哼！就是你，你这可恶的作怪，"
他从咬紧的齿缝里泌出声音来，
"碍着我的月儿不能露面哪！
月儿啊！你如今应该出来了罢！
哈哈！我已经替你除了障碍，
骄傲的月儿，你怎么还不出来？
你是瞧不起我吗？啊，不错！
你是天上广寒宫里的仙娥，
我呢？不过那戏弄黄土的女娲
散到六合里来底一颗尘沙！
啊！不是！谁不知我是太白之精？

我母亲没有在梦里会过长庚?
月儿,我们星月原是同族的,
我说我们本来是很面熟呢!"
在说话时,他没留心那黑树梢头
渐渐有一层薄光将天幕烘透,
几朵铅灰云彩一层层都被烘黄,
忽地有一个琥珀盘轻轻浮上,
(却又像没动似的)他越浮得高,
越缩越小;颜色越褪淡了,直到
后来,竟变成银子样的白的亮——
于是全世界都浴着伊的晶光。
簇簇的花影也次第分明起来,
悄悄爬到人脚下偎着,总躲不开——
象个小狮子狗儿睡醒了摇摇耳朵,
又移到主人身边懒洋洋地睡着。
诗人自身的影子,细长得可怕的一条,
竟拖到五步外的栏干上坐起来了。
从叶缝里筛过来的银光跳荡,
啮着环子的兽面蠢似一朵缩菌,
也鼓着嘴儿笑了,但总笑不出声音。
桌上一切的器皿,接受复又反射
那闪灼的光芒,又好像日下的盔甲。

这段时间中,他通身的知觉都已死去,
那被酒催迫了的呼吸几乎也要停驻;
两眼只是对着碧空悬着的玉盘,

对着他尽看，看了又看，总看不倦。
"啊！美呀！"他叹道，"清寥的美！莹澈的美！
宇宙为你而存吗？你为宇宙而在？
哎呀！怎么总是可望而不可即！
月儿呀月儿！难道我不应该爱你？
难道我们永远便是这样隔着？
月儿，你又总爱涎着脸皮跟着我；
等我被你媚狂了，要拿你下来，
却总攀你不到。唉！这样狠又这样乖！

月啊！你怎同天帝一样地残忍！
我要白日照我这至诚的丹心，
狰狞的怒雷又砰訇地吼我；
我在落雁峰前几次朝拜帝座，
额撞裂了，嗓叫破了，阊阖还不开。
吾爱啊！帝旁擎着雉扇的吾爱！
你可能问帝，我究犯了那条天律？
把我谪了下来，还不召我回去？
帝啊！帝啊！我这罪过将永不能赎？
帝呀！我将无期地囚在这痛苦之窟？"
又圆又大的热泪滚向膨胀的胸前，
却有水银一般地沉重与灿烂；
又像是刚同黑云碰碎了的明月，
溅下来点点的残屑，眩目的残屑。
"帝啊！既遣我来，就莫生他们！"他又讲，
"他们，那般妖媚的狐狸，猜狠的豺狼！

我无心做我的诗,谁想着骂人呢?
他们小人总要忍心地吹毛求疵,
说那是讥诮伊的。哈哈!这真是笑话!
他是个什么人?他是个将军吗?
将军不见得就不该替我脱靴子。
唉!但是我为什么要作那样好的诗?
这岂不自作的孽,自招的罪?……
那里?我那里配得上谈诗?不配,不配;
谢玄晖才是千古的大诗人呢!——
那吟'余霞散成绮,澄江净如练'的
谢将军,诗既作的那么好——真好!——
但是那里像我这样地坎坷潦倒?"
然后,撑起胸膛,他长长地叹了一声。
只自身的影子点点头,再没别的同情?
这叹声,便似平远的沙汀上一声鸟语,
叫不应回音,只悠悠地独自沉没,
终于无可奈何,被宽嘴的寂静吞了。

"啊'澄江净如练,'这种妙处谁能解道?
记得那回东巡浮江底一个春天——
两岸旌旗引着腾龙飞虎回绕碧山——
果然如是,果然是白练满江……
唔?又讲起他的事了?冤枉啊!冤枉!
夜郎有的是酒,有的是月,我岂怨嫌?
但不记得那天夜半,我被捉上楼船!
我企望谈谈笑笑,学着仲连安石们,

替他们解决些纷纠，扫却了胡尘。
哈哈！谁又知道他竟起了野心呢？
哦，我竟被人卖了！但一半也怪我自己？"

这样他便将那成灰的心渐渐扇着，
到底又得痛饮一顿，浇熄了愁底火，
谁知道这愁竟象田单底火牛一般：
热油淋着，狂风煽着，越奔火越燃，
毕竟虽烧焦了骨肉，牺牲了生命，
那束刃的采帛却焕成五色的龙文：
如同这样，李白那煎心烙肺的愁焰，
也便烧得他那幻象底轮子急转，
转出了满牙齿上攒着的"丽藻春葩"。
于是他又讲，"月儿！若不是你和他，"
手指着酒壶，"若不是你们的爱护，
我这生活可不还要百倍地痛苦？
啊！可爱的酒！自然赐给伊的骄子——
诗人的恩俸！啊，神奇的射愁底弓矢！
开启琼宫底管钥！琼宫开了：
那里有鸣泉漱石，玲鳞怪羽，仙花逸条；
又有琼瑶的轩馆同金碧的台榭；
还有吹不满旗的灵风推着云车，
满载霓裳缥缈，彩佩玲珑的仙娥，
给人们颁送着驰魂宕魄的天乐。
啊！是一个绮丽的蓬莱底世界，
被一层银色的梦轻轻地锁着在！"

"啊！月呀！可望而不可即的明月！
当我看你看得正出神的时节，
我只觉得你那不可思议的美艳，
已经把我全身溶化成水质一团，
然后你那提挈海潮底全副的神力，
把我也吸起，浮向开遍水钻花的
碧玉的草场上；这时我肩上忽展开
一双翅膀，越张越大，在空中徘徊，
如同一只大鹏浮游于八极之表。
哦，月儿，我这时不敢正眼看你了！
你那太强烈的光芒刺得我心痛。……
忽地一阵清香搅着我的鼻孔，
我吃了一个寒噤，猛开眼一看，……
哎呀！怎地这样一副美貌的容颜！
丑陋的尘世！你那有过这样的副本？
啊！布置得这样调和，又这般端整，
竟同一阕鸾凤和鸣底乐章一般！
哦，我如何能信任我的这双肉眼？
我不相信宇宙间竟有这样的美！
啊，大胆的我哟，还不自惭形秽，
竟敢现于伊前！——啊！笨愚呀糊涂！——
这时我只觉得头昏眼花，血凝心冱；
我觉得我是污烂的石头一块，
被上界底清道夫抛掷了下来，
掷到一个无垠的黑暗的虚空里，
坠降，坠降，永无着落，永无休止！"

月儿初还在池下丝丝柳影后窥看，
像沐罢的美人在玻璃窗口晾发一般；
于今却已姗姗移步出来，来到了池西；
夜飕底私语不知说破了什么消息，
池波一皱，又惹动了伊娴静的微笑。
沉醉的诗人忽又战巍巍地站起了，
东倒西歪地挨到池边望着那晶波。
他看见这月儿，他不觉惊讶地想着：
如何这里又有一个伊呢？奇怪！奇怪！
难道天有两个月，我有两个爱？
难道刚才伊送我下来时失了脚，
掉在这池里了吗？——这样他正疑着……
他脚底下正当活泼的小涧注入池中，
被一丛刚劲的菖蒲鲠塞了喉咙，
便咯咯地咽着，象喘不出气的呕吐。
他听着吃了一惊，不由得放声大哭：
"哎呀！爱人啊！淹死了，已经叫不出声了！"
他翻身跳下池去了，便向伊一抱，
伊已不见了，他更惊慌地叫着，
却不知道自己也叫不出声了！
他挣扎着向上猛踊，再昂头一望，
又见圆圆的月儿还平安地贴在天上。
他的力已尽了，气已竭了，他要笑，
笑不出了，只想道："我已救伊上天了！"

剑　匣

　　I built my soul a lordly pleasure-house,
　　Wherein at ease for aye to dwell.
　　..
　　And "While the world runs round and round", I said,
　　　"Reign thou apart, a quiet king,
　　Still as, while saturn whirls, his steadfast shade
　　Sleeps on his luminous ring".
　　　"To which my soul made answer readily:
　　Trust me in bliss l shall abide
　　In this great mansion, that is built for me,
　　So royal-rich and wide".
　　　　　　　　　　——Tennyson

在生命的大激战中,
我曾是一名盖世的骁将。
我走到四面楚歌底末路时,
并不同项羽那般顽固,
定要投身于命运底罗网。
但我有这绝岛作了堡垒,
可以永远驻扎我的退败的心兵。
在这里我将养好了我的战创,
在这里我将忘却了我的仇敌。

在这里我将作个无名的农夫,
但我将让闲情底芜蔓
蚕食了我的生命之田。
也许因为我这肥泪底无心的灌溉,
一旦芜蔓还要开出花来呢?
那我就镇日徜徉在田塍上,
饱喝着他们的明艳的色彩。
我也可以作个海上的海夫:
我将撒开我的幻想之网。
在寥阔的海洋里;
在放网收网之间,
我可以坐在沙岸上做我的梦,
从日出梦到黄昏……
假若撒起网来,不是一些鱼虾,
只有海树珊瑚同含胎的老蚌,

那我却也喜出望外呢。
有时我也可佩佩我的旧剑,
踱进山去作个樵夫。
但群松舞着葱翠的干戚,
雍容地唱着歌儿时,
我又不觉得心悸了。
我立刻套上我的宝剑,
在空山里徘徊了一天。
有时看见些奇怪的彩石,
我便拾起来,带了回去;
这便算我这一日底成绩了。

但这不是全无意识的。
现在我得着这些材料,
我真得其所了;
我可以开始我的工匠生活了,
开始修葺那久要修葺的剑匣。

我将摊开所有的珍宝,
陈列在我面前,
一样样的雕着,镂着,
磨着,重磨着……
然后将他们都镶在剑匣上,——
用我的每出的梦作蓝本,
镶成各种光怪陆离的图画。

我将描出白面美髯的太乙
卧在粉红色的荷花瓣里,
在象牙雕成的白云里飘着。
我将用墨玉同金丝
制出一只雷纹镶嵌的香炉;
那炉上驻着袅袅的篆烟,
许只可用半透明的猫儿眼刻着。
烟痕半消未灭之处,
隐约地又升起了一个玉人,
仿佛是肉袒的维纳司呢……
这块玫瑰玉正合伊那肤色了。
晨鸡惊耸地叫着,
我在蛋白的曙光里工作,
夜晚人们都睡去,我还作着工——
烛光抹在我的直陡的额上,
好像紫铜色的晚霞
映在精赤的悬崖上一样。

我又将用玛瑙雕成一尊梵像,
三首六臂的梵像,
骑在鱼子石的象背上。
珊瑚作他口里含着的火,
银线辫成他腰间缠着的蟒蛇,
他头上的圆光是块琥珀的圆壁。

我又将镶出一个瞎人

在竹筏上弹着单弦的古瑟。
（这可要镶得和王叔远底
桃核雕成的《赤壁赋》一般精细。）
然后让翡翠，蓝珰玉，紫石瑛，
错杂地砌成一片惊涛骇浪；
再用碎砾的螺钿点缀着，
那便是涛头闪目的沫花了。
上面再笼着一张乌金的穹窿，
只有一颗宝钻的星儿照着。

春草绿了，绿上了我的门阶，
我同春一块儿工作着；
蟋蟀在我床下唱着秋歌，
我也唱着歌儿作我的活。

我一壁工作着，一壁唱着歌：
我的歌里的律吕
都从手指尖头流出来，
我又将他制成层叠的花边：
有盘龙，对凤，天马，辟邪底花边，
有芝草，玉莲，卍字，双胜底花边，
又有各色的汉纹边
套在最外的一层边外。

若果边上还缺些角花，
把蝴蝶嵌进去应当恰好。

玳瑁刻作梁山伯,
璧玺刻作祝英台,
碧玉,苏瑛,白玛瑙,蓝琉璃,……
拼成各种彩色的凤蝶。
于是我的大功便告成了!

哦,我的大功告成了!
你不要轻看了我这些工作!
这些不伦不类的花样,
你该知道不是我的手笔,
这都是梦底原稿底影本。
这些不伦不类的色彩,
也不是我的意匠底产品,
是我那芜蔓底花儿开出来的。
你不要轻看了我这些工作哟!

哦,我的大功告成了!
我将抽出我的宝剑来——
我的百炼成钢的宝剑,
吻着他,吻着他……
吻去他的锈,吻去他的伤疤;
用热泪洗着他,洗着他……
洗净他上面的血痕,
洗净他罪孽底遗迹;
又在龙涎香上熏着他,
熏去了他一切腥膻的记忆。

然后轻轻把他送进这匣里，
唱着温柔的歌儿，
催他快在这艺术之宫中酣睡。

哦，哦，我的大功告成了！
我的大功终于告成了！
人们的匣是为保护剑底锋芒，
我的匣是要藏他睡觉的。
哦，我的剑匣修成了，
我的剑有了永久的归宿了！

哦，我的剑要归寝了！
我不要学轻佻的李将军，
拿他的兵器去射老虎，
其实只射着一块僵冷的顽石。
哦，我的剑要归寝了！
我也不要学迂腐的李翰林，
拿他的兵器去割流水，
一壁割着，一壁水又流着。
哦，我的兵器只要韬藏，
我的兵器只要酣睡。
我的兵器不要斩芟奸横，
我知道奸横是僵冷的顽石一堆；
我的兵器也不要割着愁苦，
我知道愁苦是割不断的流水。

哦，我的大功告成了！
让我的宝剑归寝了！
我岂似滑头的汉高祖，
拿宝剑斫死了一条白蛇，
因此造一个谣言，
就骗到了一个天下？
哦！天下，我早已得着了啊！
我早坐在艺术底凤阙里，
像大舜皇帝，垂裳而治着
我的波希米亚的世界了啊！
哦！让我的宝剑归寝罢！
我又岂似无聊的楚霸王，
拿宝剑斫掉多少的人头，
一夜梦回听着恍惚的歌声，
忽又拥着爱姬，抚着名马，
提起原剑来刎了自己的颈？

哦！但我又不妨学了楚霸王，
用自己的宝剑自杀了自己。
不过果然我要自杀，
定不用这宝剑底锋铓。
我但愿展玩着这剑匣——
展玩着我这自制的剑匣，
我便昏死在他的光彩里！

哦，我的大功告成了！
我将让宝剑在匣里睡着觉，
我将摩抚着这剑匣，
我将宠媚着这剑匣——
看着缠着神蟒的梵像，
我将巍巍地抖颤了，
看看筏上鼓瑟的瞎人，
我将号淘地哭泣了；
看看睡在荷瓣里的太乙，
飘在篆烟上的玉人，
我又将迷迷地嫣笑了呢！

哦，我的大功告成了！
我将让宝剑在匣里睡着。
我将看着他那光怪的图画，
重温我的成形的梦幻，
我将看着他那异彩的花边，
再唱着我的结晶的音乐。

啊！我将看着，看着，看着，
看到剑匣战动了，
模糊了，更模糊了
一个烟雾弥漫的虚空了，……

哦！我看到肺脏忘了呼吸，

血液忘了流驶，
看到眼睛忘了看了。
哦！我自杀了！
我用自制的剑匣自杀了！
哦哦！我的大功告成了！

西 岸

"He has a lusty spring, when fancy clear Takes in all beauty within an easy span."

——Keats

这里是一道河,一道大河,
宽无边,深无底;
四季里风姨巡遍世界,
便回到河上来休息;
满天糊着无涯的苦雾,
压着满河无期的死睡。
河岸下酣睡着,河岸上
反起了不断的波澜,
啊!卷走了多少的痛苦!
淘尽了多少的欣欢!

多少心被羞愧才鞭驯,
一转眼被虚荣又煽癫!
鞭下去,煽起来,
又莫非是金钱底买卖。
黑夜哄着聋瞎的人马,
前潮刷走,后潮又挟回。
没有真,没有美,没有善,
更那里去找光明来!

但不怕那大泽里,
风波怎样凶,水兽怎样猛,
总难惊破那浅水芦花里
那些山草的幽梦,——
一样的,有个人也逃脱了
河岸上那纷纠的樊笼。
他见了这宽深的大河,
便私心唤醒了些疑义:
分明是一道河,有东岸,
岂有没个西岸底道理?
啊!这东岸底黑暗恰是那
西岸底光明底影子。

但是满河无期的死睡,
撑着满天无涯的雾幕;
西岸也许有,但是谁看见?
哎……这话也不错。

"恶雾遮不住我，"心讲道，
"见不着，那是目底过！"
有时他忽见浓雾变得
绯样薄，在风翅上荡漾；
雾缝里又筛出些
丝丝的金光洒在河身上。
看！那里！可不是个大鼋背？
毛发又长得那样长。

不是的！到是一座小岛
戴着一头的花草：
看！灿烂的鱼龙都出来
晒甲胄，理须桡；
鸳鸯洗刷完了，喙子
插在翅膀里，睡着觉了。
鸳鸯睡了，百鳞退了——
满河一片凄凉；
太阳也没兴，卷起了金练，
让雾帘重往下放：
恶雾瞪着死水，一切的
于是又同从前一样。
"啊！我懂了，我何曾见着
那美人底容仪？
但猜着蠕动的绣裳下，
定有副美人底肢体。
同一理：见着的是小岛，

猜着的是岸西。"
　　"一道河中一座岛，河西
一盏灯光被岛遮断了。"
这语声到处，是有些人
鹦哥样，听熟了，也会叫；
但是那多数的人
不笑他发狂，便骂他造谣。

也有人相信他，但还讲道：
　　"西岸地岂是为东岸人？
若不然，为什么要划开
一道河，这样宽又这样深？"
有人讲："河太宽，雾正密。
找条陆道过去多么稳！"
还有人明晓得道儿
只这一条，单恨生来错——
难学那些鸟儿飞着渡，
难学那些鱼儿划着过，
却总都怕说得："搭个桥，
穿过岛，走着过！"为什么？

雨　夜

几朵浮云，仗着雷雨底势力，
把一天底星月都扫尽了。
一阵狂风还喊来要捉那软弱的树枝，
树枝拼命地扭来扭去，
但是无法躲避风底爪子。

凶狠的风声，悲酸的雨声——
我一壁听着，一壁想着；
假使梦这时要来找我，
我定要永远拉着他，不放他走；
还剜出我的心来送他作贽礼，
他要收我作个莫逆的朋友。
风声还在树里呻吟着，
泪痕满面的曙天白得可怕，

我的梦依然没有做成。
哦！原来真的已被我厌恶了，
假的就没他自身的尊严吗？

雪

夜散下无数茸毛似的天花,
织成一件大氅,
轻轻地将憔悴的世界,
从头到脚地包了起来;
又加了死人一层殓衣。

伊将一片鱼鳞似的屋顶埋起了,
却总埋不住那屋顶上的青烟缕。
啊!缕缕蜿蜒的青烟啊!
仿佛是诗人向上的灵魂,
穿透自身的躯壳:直向天堂迈往。

高视阔步的风霜蹂躏世界,
森林里抖颤的众生争斗多时,

最末望见俨底白氅,
都欢声喊道:"和平到了!奋斗成功了!
这不是冬投降底白旗吗?"

睡　者

灯儿灭了，人儿在床：
月儿底银潮
沥过了叶缝，冲进了洞窗，
射到睡觉的双靥上，
跟他亲了嘴儿又偎脸，
便洗净一切感情底表象，
只剩下了如梦幻的天真，
笼在那连耳目口鼻
都分不清的玉影上。

啊！这才是人底真色相！
这才是自然底真创造！
自然只此一副模型；
铸了月面，又铸人面。

哦！但是我爱这睡觉的人，
他醒了我又怕他呢！
我越看这可爱的睡容，
想起那醒容，越发可怕。
啊！让我睡了，躲脱他的醒罢！
可是瞌睡像只秋燕，
在我眼帘前掠了一周，
忽地翻身飞去了，
不知几时才能得回来呢？

月儿，将银潮密密地酌着！
睡觉的，撑开枯肠深深地喝着！
快酌，快喝！喝着，睡着！
莫又醒了，切莫醒了！
但是还响点擂着，鼖雷！
我只爱听这自然底壮美底回音，
他警告我这时候
那人心宫底禁闼大开，
上帝在里头登极了！

黄　昏

太阳辛苦了一天，
赚得一个平安的黄昏，
喜得满面通红，
一气直往山洼里狂奔。

黑黯好比无声的雨丝，
慢慢往世界上飘洒……
贪睡的合欢叠拢了绿鬓，钩下了柔颈.
路灯也一齐偷了残霞，换了金花；
单剩那喷水池
不怕惊破别家底酣梦，
依然活泼泼地高呼狂笑，独自玩耍。

饭后散步的人们，

好像刚吃饱了蜜的蜂儿一窠,
三三五五的都往
马路上头,板桥栏畔飞着。
嗡……嗡……嗡……听听唱的什么——
　　　是花色底美丑?
　　　是蜜味底厚薄?
　　　是女王底专制?
　　　是东风底残虐?

啊!神秘的黄昏啊!
问你这首玄妙的歌儿,
这辈嚣喧的众生
谁个唱的是你的真义?

时间底教训

太阳射上床,惊走了梦魂。
昨日底烦恼去了,今日底还没来呢。
啊!这样肥饱的鹑声,
稻林里撞挤出来——来到我心房酿蜜,
还同我的,万物底蜜心,
融合作一团快乐——生命底唯一真义。

此刻时间望我尽笑,
我便合掌向他祈祷:"赐我无尽期!"
可怕!那笑还是冷笑;
那里?他把眉尖锁起,居然生了气。

"地得!地得!"听那壁上的钟声,
果同快马狂蹄一般地奔腾。

那骑者还仿佛吼着：

"尽可多多创造快乐去填满时间；

那可活活缚着时间来陪着快乐？"

二月庐

面对一幅淡山明水的画屏,
在一块棋盘似的稻田边上,
蹲着一座看棋的瓦屋——
紧紧地被捏在小山底拳心里。

柳荫下睡着一口方塘;
聪明的燕子——俨唱歌儿
偏找到这里,好听着水面的
回声,改正音调底错儿。

燕子!可听见昨夜那阵冷雨?
西风底信来了,催你快回去。
今年去了,明年,后年,后年以后,
一年回一度的还是你吗?

啊？你的爆裂得这样音响，
迸出些什么压不平的古愁！
可怜的鸟儿，你诉给谁听？
那知道这个心也碎了哦！

快　乐

快乐好比生机：
生机底消息传到绮甸，
群花便立刻
披起五光十色的绣裳。

快乐跟我的
灵魂接了吻，我的世界
忽变成天堂，
住满了柔艳的安琪儿！

美与爱

窗子里吐出娇嫩的灯光——
两行鹅黄染的方块镶在墙上；
一双枣树底影子，像堆大蛇，
横七竖八地睡满了墙下。

啊！那颗大星儿！嫦娥底侣伴！
你无端伴住了我的视线；
我的心鸟立刻停了他的春歌，
因他听了你那无声的天乐。

听着，他竟不觉忘却了自己，
一心只要飞出去找你，
把监牢底铁槛也撞断了；
但是你忽然飞地不见了！

屋角底凄风悠悠叹了一声，
惊醒了懒蛇滚了几滚；
月色白得可怕，许是恼了？
张着大嘴的窗子又像笑了！

可怜的鸟儿，他如今回了，
嗓子哑了，眼睛瞎了，心也灰了；
两翅洒着滴滴的鲜血——
是爱底代价，美底罪孽！

诗 人

人们说我有些像一颗星儿，
无论怎样光明，只好作月儿底伴，
总不若灯烛那样有用——
还要照着世界作工，不徒是好看。

人们说春风把我吹燃，是火样的薇花，
再吹一口，便变成了一堆死灰；
剩下的叶儿像铁甲，刺儿像蜂针，
谁敢抱进他的赤裸的胸怀？

又有些人比我作一座遥山：
他们但愿远远望见我的颜色，
却不相信那白云深处里，
还别有一个世界——一个天国。

其余的人或说这样，或说那样，
只是说得对的没有一个。
"谢谢朋友们！"我说，"不要管我了，
你们那样忙，那有心思来管我？

你们在忙中觉得热闷时，
风儿吹来，你们无心地喝下了，
也不必问是谁送来的，
自然会觉得他来的正好！"

贡 臣

我的王！我从远方来朝你，
带了满船你不认识的，
但是你必中意的贡礼。
我兴高采烈地航到这里来，
那里知道你的心……唉！
还是一个涸了的海港！
我悄悄地等着你的爱潮膨涨，
好浮进我的重载的船艘；
月儿圆了几周，花儿红了几度，
还是老等，等不来你的潮头！
我的王！他们讲潮汐有信，
如今叫我怎样相信他呢？

游戏之祸

我酌上蜜酒,烧起沉檀,
游戏着膜拜你:
沉檀烧地太狂了,
我忙着拿蜜酒来浇他;
谁知越浇越烈,
竟惹了焚身之祸呢!

花儿开过了

花儿开过了，果子结实了；
一春底香雨被一夏底骄阳炙干了，
一夏底荣华被一秋底馋风扫尽了。
如今败叶枯枝，便是你的余剩了。

天寒风紧，冻哑了我的心琴；
我惯唱的颂歌如今竟唱不成。
但是，且莫伤心，我的爱，
琴弦虽不鸣了，音乐依然在。

只要灵魂不灭，记忆不死，纵使
你的荣华永逝，（这原是没有的事）
我敢说那已消的春梦底余痕，
还永远是你我的生命底生命！

况且永继的荣华，顿刻的凋落——
两两相形，又算得了些什么？
今冬底假眠，也不过是明春底
更烈的生命所必需的休息。

所以不怕花残，果烂，叶败，枝空，
那缜密的爱底根网总没一刻放松；
他总是绊着，抓着，咬着我的心，
他要抽尽我的生命供给你的生命！

爱啊！上帝不曾因青春底暂退，
就要将这个世界一齐捣毁，
我也不曾因你的花儿暂谢，
就敢失望，想另种一朵来代他！

十一年一月二日作

哎呀！自然底太失管教的骄子！
你那内蕴的灵火！不是地狱底毒火，
如今已经烧得太狂了，
只怕有一天要爆裂了你的躯壳。

你那被爱蜜饯了的肥心，人们讲，
本是为滋养些嬉笑的花儿的，
如今却长满了愁苦底荆棘——
他的根已将你的心越捆越紧，越缠越密。
上帝啊！这到底是什么用意？

唉！你（只有你）真正了解生活底秘密，
你真是生活底唯一的知己，
但生活对你偏是那样地凶残：

你看！又是一个新年——好可怕的新年！——
张着牙戟齿锯的大嘴招呼你上前；
你退既不能，进又白白地往死嘴里攒！

高步远踱的命运
从时间底没究竟的大道上踱过；
我们无足轻重的蚁子
糊里糊涂地忙来忙去，不知为什么，
忽地里就断送在他的脚跟底……

但是，那也对啊！……死！你要来就快来，
快来断送了这无边的痛苦！
哈哈！死，你的残忍，乃在我要你时，你不来，
如同生，我不要他时，他偏存在！

死

啊！我的灵魂底灵魂！
我的生命底生命，
我一生底失败，一生底亏欠，
如今要都在你身上补足追偿，
但是我有什么
可以求于你的呢？

让我淹死在你眼睛底汪波里！
让我烧死在你心房底熔炉里！
让我醉死在你音乐底琼醪里！
让我闷死在你呼吸底馥郁里！

不然，就让你的尊严羞死我！
让你的酷冷冻死我！

让你那无情的牙齿咬死我！
让那寡恩的毒剑螫死我！

你若赏给我快乐，
我就快乐死了；
你若赐给我痛苦，
我也痛苦死了；
死是我对你唯一的要求，
死是我对你无上的贡献。

深夜底泪

生波停了掀簸；
深夜啊！——
沉默的寒潭！
澈虚的古镜！

行人啊！
回转头来，
照照你的容颜罢！
啊！这般憔悴……

轻柔的泪，
温热的泪，
洗得净这仆仆的征尘？
无端地一滴滴流到唇边，

想是要你尝尝他的滋味；
这便是生活底滋味！

枕儿啊！
紧紧地贴着！
请你也尝尝他的滋味。
唉！若不是你，
这腐烂的骷髅，
往那里靠啊！

更鼓啊！
一声声这般急切；
便是生活底战鼓罢？
唉！擂断了心弦，
搅乱了生波……

战也是死，
逃也是死，
降了我不甘心。
生活啊！
你可有个究竟？

啊！宇宙底生命之酒，
都将酌进上帝底金樽。
不幸的浮沤！
怎地偏酌漏了你呢？

春之首章

浴人灵魂的雨过了：
薄泥到处啮人底鞋底。
凉飔挟着湿润的土气
在鼻蕊间正冲突着。

金鱼儿今天许不大怕冷了？
个个都敢于浮上来呢！

东风苦劝执拗的蒲根，
将才睡醒的芽儿放了出来。
春雨过了，芽儿刚抽到寸长，
又被池水偷着吞去了。

亭子角上几根瘦硬的，

还没赶上春的榆枝，
印在鱼鳞似的天上；
象一页淡蓝的朵云笺，
上面涂了些僧怀素底
铁画银钩的草书。

丁香枝上豆大的蓓蕾，
包满了包不住的生意，
呆呆地望着寥阔的天宇，
盘算他明日底荣华——
仿佛一个出神的诗人
在空中编织未成的诗句。

春啊！明显的秘密哟！
神圣的魔术哟！

啊！我忘了我自己，春啊！
我要提起我全身底力气，
在你那绝妙的文章上
加进这丑笨的一句哟！

春之末章

被风惹恼了的粉蝶,
试了好几处底枝头,
总抱不大稳,率性就舍开,
忽地不知飞向那里去了。
啊!大哲底梦身啊!
了无黏滞的达观者哟!

太轻狂了哦!杨花!
依然吩咐两丝黏住罢。

娇绿的坦张的荷钱啊!
不息地仰面朝上帝望着,
一心地默祷并且赞美他——
只要这样,总是这样,

开花结实的日子便快了。

一气的酣绿里忽露出
一角汉纹式的小红桥,
真红得快叫出来了!

小孩儿们也太好玩了啊!
镇日里蓝的白的衫子
骑满竹青石栏上垂钓。
他们的笑声有时竟脆得象
坍碎了一座琉璃宝塔一般。
小孩们总是这样好玩呢!

绿纱窗里筛出的琴声,
又是画家脑子里经营着的
一帧美人春睡图:
细熨的柔情,娇羞的倦致,
这般如此,忽即忽离,
啊!迷魂的律吕啊!

音乐家啊!垂钓的小孩啊!
我读完这眷之宝笈底末章,
就交给你们永远管领着罢!

爱之神——题画

啊！这么俊的一副眼睛——
两潭渊默的清波！
可怜孱弱的游泳者哟！
我告诉你回头就是岸了！

啊！那潭岸上的一带榛薮，
好分明的黛眉啊！
那鼻子，金字塔式的小邱，
恐怕就是情人底茔墓罢？

那里，不是两扇朱扉吗？
红得象樱桃一样，
扉内还露着编贝底屏风。
这里又不知安了什么陷阱！

啊!莫非是绮甸之乐园?
还是美底家宅,爱底祭坛?
呒!不是,都不是哦!
是死魔盘据着的一座迷宫!

谢罪以后

朋友,怎样开始?这般结局?
"谁实为之?"是我情愿,是你心许?
朋友,开始结局之间,
演了一出浪漫的悲剧;
如今戏既演完了,
便将那一页撕了下去,
还剩下了一部历史,
恐十倍地庄严,百般地丰富,——
是更生底灵剂,乐园底基础!

朋友!让舞台上的经验,短短长长,
是恩爱,是仇雠,尽付与时间底游浪。
若教已放下来的绣幕,
永作隔断记忆底城墙;

台上的记忆尽可隔断,
但还有一篇未成的文章,
是在登台以前开始作的。
朋友！为什么不让他继续添长,
完成一件整的艺术品？你试想想！

朋友！我们来勉强把悲伤葬着,
让我们的胸膛做了他的坟墓;
让忏悔蒸成湿雾,
糊湿了我们的眼睛也可;
但切莫把我们的心,
冷的变成石头一个,
让可怕的矜骄底刀子
在他上面磨成一面的锋,两面的锷。
朋友,知道成锋的刀有个代价么？

黄　鸟

哦！森林底养子，
太空的血胤
不知名的野鸟儿啊！

黑缎底头帕，
蜜黄的羽衣，
镶着赤铜底喙爪——
啊！一只鲜明的火镞，
那样癫狂地射放，
射翻了肃静的天宇哦！

像一块雕镂的水晶，
艺术纵未完成，
却永映着上天底光彩——

这样便是他吐出的
那阕雅健的音乐呀!
啊!希腊式的雅健!

野心的鸟儿啊!
我知道你喉咙里的
太丰富的歌儿
快要噎死你了:
但是从容些吐着!
吐出那水晶的谐音,
造成艺术之宫,
让一个失路的灵魂
早安了家罢!

艺术底忠臣

无数的人臣,仿佛真珠
攒在艺术之王底龙衮上,
一心同赞御容底光采;
其中只有济慈一个人
是群龙拱抱的一颗火珠,
光芒赛过一切的珠子。

诗人底诗人啊!
满朝底冠盖只算得
些艺术底名臣,
只有你一人是个忠臣。
"美即是真,真即美。"
我知道你那栋梁之材,
是单给这个真命天子用的;

别的分疆割据,属国偏安,
那里配得起你哟!
啊!"鞠躬尽瘁,死而后已":
真个做了艺术底殉身者!
忠烈的亡魂啊!
你的名字没写在水上,
但铸在圣朝底宝鼎上了!

初夏一夜底印象

（一九二二年五月直奉战争时）

夕阳将诗人交付给烦闷的夜了，
叮咛道："把你的秘密都吐给他了罢！"

紫穹窿下洒着些碎了的珠子——
诗人想：该穿成一串挂在死底胸前。

阴风底冷爪子刚扒过饿柳底枯发，
又将池里的灯影儿扭成几道金蛇。

帖在山腰下佝偻得可怕的老柏，
拿着黑瘦的拳头硬和太空挑衅。

失眠的蛙们此刻应该有些倦意了,
但依旧努力地叫着水国底军歌。

个个都吠得这般沉痛,村狗啊!
为什么总骂不破盗贼的胆子?

嚼火漱雾的毒龙在铁梯上爬着,
驮着灰色号衣的战争,吼的要哭了。

铜舌的报更的磬,屡次安慰世界,
请他放心睡去,……世界那肯信他哦!

上帝啊!眼看着宇宙糟蹋到这样,
可也有些寒心吗?仁慈的上帝哟!

诗 债

小小的轻圆的诗句,
是些当一的制钱——
在情人底国中
贸易死亡底通宝。

爱啊! 慷慨的债主啊!
不等我偿清诗债
就这么匆忙地去了,
怎样也挽留不住。

但是字串还没毁哟!
这永欠的本钱,
仍然在我账本上,
息上添息地繁衍。

若有一天你又回来,
爱啊！要做 shylock 吗？
就把我心上的肉,
和心一起割给你罢！

红荷之魂

序

盆莲饮雨初放，折了几枝，供在案头，又听侄辈读周茂叔底《爱莲说》，便不得不联想及于三千里外《荷花池畔》底诗人。赋此寄呈实秋，兼上景超及其他在西山的诸友。

太华玉井底神裔啊！
不必在污泥里久恋了。
这玉胆瓶里的寒浆有些冽骨吗？
那原是没有堕世的山泉哪！

高贤底文章啊！雏凤底律吕啊！

往古来今竟携了手来谀媚着你。
来罢！听听这蜜甜的赞美诗罢！
抱霞摇玉的仙花呀！
看着你的躯体，
我怎不想到你的灵魂？
灵魂啊！到底又是谁呢？

是千叶宝座上的如来，
还是丈余红瓣中的太乙呢？
是五老峰前的诗人，
还是洞庭湖畔的骚客呢？

红荷底魂啊！
爱美的诗人啊！
便稍许艳一点儿，
还不失为"君子"。
看那颗颗坦张的荷钱啊！
可敬的——向上底虔诚，
可爱的——圆满底个性。
花魂啊！佑他们充分地发育罢！

花魂啊，
须提防着，
不要让菱芡藻荇底势力
蚕食了泽国底版图。

花魂啊!
要将崎岖的动底烟波,
织成灿烂的静底绣锦。
然后,
高蹈的鸬鹚啊!
热情的鸳鸯啊!
水国烟乡底顾客们啊!……
只欢迎你们来
逍遥着,偃卧着;
因为你们知道了
你们的义务。

别　后

啊！那不速的香吻，
没关心的柔词……
啊！热情献来的一切的赘礼，
当时都大意地抛弃了，
于今却变作记忆底干粮，
来充这旅途底饥饿。

可是，有时同样的馈仪，
当时珍重地接待了，抚宠了；
反在记忆之领土里
刻下了生憎惹厌的痕迹。

啊！谁道不是变幻呢？
顷刻之间，热情与冷淡，

已经百度底乘除了。

谁道不是矛盾呢？
一般的香吻，一样的柔词，
才冷僵了骨髓，
又烧焦了纤维。

恶作剧的疟魔呀！
到底是谁遣你来的？
你在这一隙驹光之间，
竟教我更迭地
作了冰炭底化身！
恶作剧的疟魔哟！

孤　雁

不幸的失群的孤客！
谁教你抛弃了旧侣，
拆散了阵字，
流落到这水国底绝塞，
拼着寸磔的愁肠，
泣诉那无边的酸楚？

啊！从那浮云底密幕里，
迸出这样的哀音；
这样的痛苦！这样的热情！

孤寂的流落者！
不须叫喊得哟！
你那沉细的音波，

在这大海底惊雷里，
还不值得那涛头上
溅破的一粒浮沤呢！
可怜的孤魂啊！
更不须向天回首了。
天是一个无涯的秘密，
一幅蓝色的谜语，
太难了，不是你能猜破的。
也不须向海低头了。
这辱骂高天的恶汉，
他的咸卤的唾沫
不要渍湿了你的翅膀，
黏滞了你的行程！

流落的孤禽啊！
到底飞往那里去呢？
那太平洋底彼岸，
可知道究竟有些什么？

啊！那里是苍鹰底领土——
那鸷悍的霸王啊！
他的锐利的指爪，
已撕破了自然底面目，
建筑起财力底窝巢。
那里只有铜筋铁骨的机械，
喝醉了弱者底鲜血，

吐出些罪恶底黑烟,
涂污我太空,闭熄了日月,
教你飞来不知方向,
息去又没地藏身啊!

流落的失群者啊!
到底要往那里去?
随阳的鸟啊!
光明底追逐者啊!
不信那腥臊的屠场,
黑黯的烟灶,
竟能吸引你的踪迹!

归来罢,失路的游魂!
归来参加你的伴侣,
补足他们的阵列!
他们正引着颈望你呢。

归来偃卧在霜染的芦林里,
那里有校猎的西风,
将茸毛似的芦花,
铺就了你的床褥
来温暖起你的甜梦。

归来浮游在温柔的港潊里,
那里方是你的浴盆。

归来徘徊在浪舐的平沙上,
趁着溶银的月色,
婆娑着戏弄你的幽影。

归来罢,流落的孤禽!
与其尽在这水国底绝塞,
拼着寸磔的愁肠,
泣诉那无边的酸楚,
不如棹翅回身归去罢!

啊!但是这不由分说的狂飙
挟着我不息地前进;
我脚上又带着了一封信,
我怎能抛却我的使命,
由着我的心性
回身棹翅归去来呢?

太平洋舟中见一明星

鲜艳的明星哪！——
太阴底嫡裔，
月儿同胞的小妹——
你是天仙吐出的玉唾，
溅在天边？
还是鲛人泣出的明珠，
被海涛淘起？

哦！我这被单调的浪声
摇睡了的灵魂，
昏昏睡了这么久，
毕竟被你唤醒了哦，
灿烂的宝灯啊！
我在昏沉的梦中，

你将我唤醒了,
我才知道我已离了故乡,
贬斥在情爱底边徼之外——
飘簸在海涛上的一枚钓饵。

你又唤醒了我的大梦——
梦外包着的一层梦!
生活呀!苍茫的生活呀!
也是波涛险阻的大海哟!
是情人底眼泪底波涛,
是壮士底血液底波涛。

鲜艳的星,光明底结晶啊!
生命之海中底灯塔!
照着我罢!照着我罢!
不要让我碰了礁滩!
不要许我越了航线;
我自要加进我的一勺温泪,
教这泪海更咸;
我自要倾出我的一腔热血,
教这血涛更鲜!

火　柴

这里都是君王底
樱桃艳嘴的小歌童：
有的唱出一颗灿烂的明星，
唱不出的，都拆成两片枯骨。

玄 思

在黄昏底沉默里，
从我这荒凉的脑子里，
常迸出些古怪的思想，
不伦不类的思想；

仿佛从一座古寺前的
尘封雨渍的钟楼里，
飞出一阵猜怯的蝙蝠，
非禽非兽的小怪物。

同野心的蝙蝠一样，
我的思想不肯只爬在地上，
却老在天空里兜圈子，
圆的，扁的，种种的圈子。

我这荒凉的脑子
在黄昏底沉默里，
常迸出些古怪的思想，
仿佛同些蝙蝠一样。

我是一个流囚

我是个年壮力强的流囚,
我不知道我犯的是什么罪。

黄昏时候,
他们把我推出门外了,
幸福底朱扉已向我关上了,
金甲紫面的门神
举起宝剑来逐我;
我只得闯进缜密的黑暗,
犁着我的道路往前走。

忽地一座壮阁底飞檐,
像只大鹏底翅子,
插在浮沤密布的天海上;

卍字格的窗棂里
泻出醺人的灯光，黄酒一般地酽；
哀宕淫热的笙歌，
被激愤的檀板催窘了，
螺旋似地锤进我的心房：
我的身子不觉轻去一半，
仿佛在那孔雀屏前跳舞了。

啊快乐——严懔的快乐——
抽出他的讥诮底银刀，
把我刺醒了；
哎呀！我才知道——

我是快乐底罪人，
幸福之宫里逐出的流囚，
怎能在这里随便打溷呢？

走罢！再走上那没尽头的黑道罢！
唉！但是我受伤太厉害；
我的步子渐渐迟重了；
我的鲜红的生命，
渐渐染了脚下的枯草！

我是个年壮力强的流囚，
我不知道我犯的是什么罪。

寄怀实秋

泪绳捆住的红烛
已被海风吹熄了；
跟着有一缕犹疑的轻烟，
左顾右盼，
不知往那里去好。
啊！解体的灵魂哟！
失路底悲哀哟！

在黑暗底严城里，
恐怖方施行他的高压政策：
诗人底尸肉在那里仓黄着，
彷佛一只丧家之犬呢。
莲蕊间酣睡着的恋人啊！
不要灭了你的纱灯。

几时珠箔银绦飘着过来,
可要借给我点燃我的残烛,
好在这阴城里面,
为我照出一条道路。

烛又点燃了,
那时我便作个自然的流萤,
在深更底风露里,
还可以逍遥流荡着,
直到黎明!

莲蕊间酣睡着的骚人啊!
小心那成群打围的飞蛾,
不要灭了你的纱灯哦!

晴　朝

一个迟笨的晴朝，
比年还现长得多，
像条懒洋洋的冻蛇，
从我的窗前爬过。

一阵淡青的烟云
偷着跨进了街心……
对面的一带朱楼
忽都被他咒入梦境。

栗色汽车像匹骄马
休息在老绿荫中，
瞅着他自身的黑影，
连动也不动一动。

傲霜的老健的榆树
伸出一只粗胳膊,
拿在窗前底日光里,
翻金弄绿,不奈乐何。

除了门外一个黑人
薅草,刮刮地响声渐远,
再没有一息声音——
和平布满了大自然,

和平蜷伏在人人心里;
但是在我的心内,
若果也有和平底形迹,
那是一种和平底悲哀。

地球平稳地转着,
一切的都向朝日微笑;
我也不是不会笑,
泪珠儿却先滚出来了。

皎皎的白日啊!
将照遍了朱楼底四面;
永远照不进的是——
游子底漆黑的心窝坎;

一个恹病的晴朝,

比年还过得慢,
像条负创的伤蛇,
爬过了我的窗前。

记 忆

记忆渍起苦恼的黑泪,
在生活底纸上写满蝇头细字;
生活底纸可以撕成碎片,
记忆底笔迹永无磨灭之时。

啊!友谊底悲剧,希望底挽歌,
情热底战史,罪恶底供状——
啊!不堪卒读的文词哦!
是记忆底亲手笔,悲哀底旧文章!

请弃绝了我罢,拯救了我罢!
智慧哟!钩引记忆底奸细!
若求忘却那悲哀的文章,
除非要你赦脱了你我的关系!

太阳吟

太阳啊,刺得我心痛的太阳!
又逼走了游子底一出还乡梦,
又加他十二个时辰底九曲回肠!

太阳啊,火一样烧着的太阳!
烘干了小草尖头底露水,
可烘得干游子底冷泪盈眶?

太阳啊,六龙骖驾的太阳!
省得我受这一天天底缓刑,
就把五年当一天跑完那又何妨?

太阳啊——神速的金乌——太阳!
让我骑着你每日绕行地球一周,

也便能天天望见一次家乡！

太阳啊，楼角新升的太阳！
不是刚从我们东方来的吗？
我的家乡此刻可都依然无恙？

太阳啊，我家乡来的太阳！
北京城里底官柳裹上一身秋了罢？
唉！我也憔悴的同深秋一样！

太阳啊，奔波不息的太阳！
你也好像无家可归似的呢。
啊！你我的身世一样地不堪设想！

太阳啊，自强不息的太阳！
大宇宙许就是你的家乡罢。
可能指示我我底家乡底方向？

太阳啊，这不像我的山川，太阳！
这里的风云另带一般颜色，
这里鸟儿唱的调子格外凄凉。

太阳啊，生活之火底太阳！
但是谁不知你是球东半底情热，
同时又是球西半底智光？

太阳啊,也是我家乡底太阳!
此刻我回不了我往日的家乡,
便认你为家乡也还得失相偿。

太阳啊,慈光普照的太阳!
往后我看见你时,就当回家一次;
我的家乡不在地下乃在天上!

忆 菊

（重阳前一日作）

插在长颈的虾青瓷的瓶里，
六方的水晶瓶里的菊花，
攒在紫藤仙姑篮里的菊花；
守着酒壶的菊花，
陪着螯盏的菊花；
未放，将放，半放，盛放的菊花。

镶着金边的绛色的鸡爪菊；
粉红色的碎瓣的绣球菊！
懒慵慵的江西腊哟；
倒挂着一饼蜂窠似的黄心，
仿佛是朵紫的向日葵呢。
长瓣抱心，密瓣平顶的菊花；

柔艳的尖瓣攒蕊的白菊
如同美人底拳着的手爪,
拳心里攫着一撮儿金粟。

檐前,阶下,篱畔,圃心底菊花;
霭霭的淡烟笼着的菊花,
丝丝的疏雨洗着的菊花,——
金底黄,玉底白,春酿底绿,秋山底紫,……

剪秋萝似的小红菊红儿;
从鹅绒到古铜色的黄菊;
带紫茎的微绿色的"真菊"
是些小小的玉管儿缀成的,
为的是好让小花神儿
夜里偷去当了笙儿吹着。

大似牡丹的菊王到底奢豪些,
他的枣红色的瓣儿,铠甲似的,
张张都装上银白的里子了;
星星似的小菊花蕾儿
还拥着褐色的萼被睡着觉呢。

啊!自然美底总收成啊!
我们祖国之秋底杰作啊!
啊!东方底花,骚人逸士底花呀!
那东方底诗魂陶元亮

不是你的灵魂底化身罢？
那祖国底登高饮酒的重九
不又是你诞生底吉辰吗？

你不像这里的热欲的蔷薇，
那微贱的紫罗兰更比不上你。
你是有历史，有风俗的花。
啊！四千年华胄底名花呀！
你有高超的历史，你有逸雅的风俗！

啊！诗人底花呀！我想起你，
我的心也开成顷刻之花，
灿烂的如同你的一样；
我想起你同我的家乡，
我们的庄严灿烂的祖国，
我的希望之花又开得同你一样。

习习的秋风啊！吹着，吹着！
我要赞美我祖国底花！
我要赞美我如花的祖国！
请将我的字吹成一簇鲜花，
金底黄，玉底白，春酿底绿，秋山底紫，……
然后又统统吹散，吹得落英缤纷，
弥漫了高天，铺遍了大地！

秋风啊！习习的秋风啊！

我要赞美我祖国底花!
我要赞美我如花的祖国!

一九二二,一〇。

秋 色

> 诗情也似并刀快，
> 剪得秋光入卷来。
> ——陆 游

紫得像葡萄似的涧水
翻起了一层层金色的鲤鱼鳞。

几片剪形的枫叶，
彷彿朱砂色的燕子，
颠斜地在水面上
旋着，掠着，翻着，低昂着……

肥厚得熊掌似的
棕黄色的大橡叶，

在绿茵上狼藉着。
松鼠们张张慌慌地
在叶间爬出爬进,
搜猎着他们来冬底粮食。

成了年的栗叶
向西风抱怨了一夜,
终于得了自由,
红着干燥的脸儿,
笑嘻嘻地辞了故枝。

白鸽子,花鸽子,
红眼的银灰色的鸽子,
乌鸦似的黑鸽子,
背上闪着紫的绿的金光——
倦飞的众鸽子在阶下集齐了,
都将喙子插在翅膀里,
寂静悄悄地打盹了。

水似的空气泛滥了宇宙;
三五个活泼泼的小孩,
(披着橘红的黄的黑的毛绒衫)
在丁香丛里穿着,
好像戏着浮萍的金鱼儿呢。

是黄浦江上林立的帆墙?

这数不清的削瘦的白杨
只竖在石青的天空里发呆。

倜傥的绿杨像位豪贵的公子,
裹着件平金的绣蟒,
一只手叉着腰身,
照着心烦的碧玉池,
玩媚着自身的模样儿。

凭在十二曲的水晶栏上,
晨曦瞰着世界微笑了,
笑出金子来了——
黄金笑在槐树上,
赤金笑在橡树上,
白金笑在白松皮上。

哦,这些树不是树了!
是些绚缦的祥云——
琥珀的云,玛瑙的云,
灵风扇着,旭日射着的云。
哦!这些树不是树了,
是百宝玲珑的祥云。

哦,这些树不是树了,
是紫禁城里的宫阙——
黄的琉璃瓦,

绿的琉璃瓦；
楼上起楼，阁外架阁……
小鸟唱着银声的歌儿，
是殿角的风铃底共鸣。
哦！这些树不是树了，
是金碧辉煌的帝京。

啊！斑斓的秋树啊！
陵阳公样的瑞锦，
土耳其底地毡，
Notre Dame 底蔷薇窗，
Fra Angelico 底天使画
都不及你这色彩鲜明哦！

啊！斑斓的秋树啊！
我羡煞你们这浪漫的世界，
这波希米亚的生活！
我羡煞你们的色彩！

哦！我要请天孙织件锦袍，
给我穿着你的色彩！
我要从葡萄，橘子，高粱……里
把你榨出来，喝着你的色彩！
我要借义山济慈底诗
唱着你的色彩！
在蒲寄尼底 La Boheme 里，

在七宝烧的博山炉里,
我还要听着你的色彩,
嗅着你的色彩!

哦!我要过个色彩的生活,
和这斑斓的秋树一般!

废 园

一只落魄的蜜蜂,
像个沿门托钵的病僧,
游到被秋雨踢倒了的
一堆烂纸似的鸡冠花上,
闻了一闻,马上飞走了。

啊!零落底悲哀哟!
是蜂底悲哀?是花底悲哀?

小 溪

铅灰色的树影,
是一长篇恶梦,
横压在昏睡着的
小溪底胸膛上。
小溪挣扎着,挣扎着……
似乎毫无一点影响。

稚　松

他在夕阳底红纱灯笼下站着，
他扭着颈子望着你，
他散开了藏着金色圆眼的，
海绿色的花翎———一层层的花翎。
他像是金谷园里的
一只开屏的孔雀罢？

烂　果

我的肉早被黑虫子咬烂了。
我睡在冷辣的青苔上，
索性让烂的越加烂了，
只等烂穿了我的核甲，
烂破了我的监牢，
我的幽闭的灵魂
便穿着豆绿的背心，
笑迷迷地要跳出来了！

色 彩

生命是张没价值的白纸，
自从绿给了我发展，
红给了我情热，
黄教我以忠义，
蓝教我以高洁，
粉红赐我以希望，
灰白赠我以悲哀；
再完成这帧彩图，
黑还要加我以死。

从此以后，
我便溺爱于我的生命，
因为我爱他的色彩。

梦　者

假如那绿晶晶的鬼火
是墓中人底
梦里进出的星光，
那我也不怕死了！

红 豆

一

红豆似的相思啊！
一粒粒的
坠进生命底磁坛里了……
听他跳激底音声，
这般凄楚！
这般清切！

二

相思着了火，
有泪雨洒着，

还烧得好一点；
最难禁的，
是突如其来
赶不及哭的干相思。

三

意识在时间底路上旅行：
每逢插起一杆红旗之处，
那便是——
相思设下的关卡，
挡住行人，
勒索路捐的。

四

袅袅的篆烟啊！
是古丽的文章，
淡写相思底诗句。

五

比方有一屑月光，
偷来匍匐在你枕上，
刺着你的倦眼，
撩得你镇夜不睡，

你讨厌他不?
那么这样便是相思了!

六

相思是不作声的蚊子,
偷偷地咬了一口,
陡然痛了一下,
以后便是一阵底奇痒。

七

我的心是个没设防的空城,
半夜里忽被相思袭击了,
我的心旌
只是一片倒降;
我只盼望——
他恣情屠烧一回就去了;
谁知他竟永远占据着,
建设起宫墙来了呢?

八

有两样东西,
我总想撇开,
却又总舍不得:

我的生命,
同为了爱人儿的相思。

九

爱人啊!
将我作经线,
你作纬线,
命运织就了我们的婚姻之锦;
但是一帧回文锦哦!
横看是相思,
直看是相思,
顺看是相思,
倒看是相思,
斜看正看都是相思,
怎样看也看不出团圆二字。

十

我俩是一体了!
我们的结合,
至少也和地球一般圆满。
但你是东半球,
我是西半球,
我们又自己放着眼泪,
做成了这苍莽的太平洋,

隔断了我们自己。

十一

相思枕上的长夜，
怎样的厌厌难尽啊！
但这才是岁岁年年中之一夜，
大海里的一个波涛。
爱人啊！
叫我又怎样泅过这时间之海？

十二

我们有一天
相见接吻时，
若是我没小心，
掉出一滴苦泪，
溃痛了你的粉颊，
你可不要惊讶！
那里有多少年底
生了锈的情热底成分啊！

十三

我到底是个男子！
我们将来见面时，

我能对你哭完了，
马上又对你笑。
你却不必如此；
你可以仰面望着我，
像一朵湿蔷薇，
在霁后的斜阳里，
慢慢儿晒干你的眼泪。

十四

我把这些诗寄给你了，
这些字你若不全认识，
那也不要紧。
你可以用手指
轻轻摩着他们，
像医生按着病人的脉，
你许可以试出
他们紧张地跳着，
同你心跳底节奏一般。

十五

古怪的爱人儿啊！
我梦时看见的你
是背面的。

十六

在雪黯风骄的严冬里，
忽然出了一颗红日；
在心灰意冷的情绪里，
忽然起了一阵相思——
这都是我没料定的。

十七

讨诗债的债主
果然回来了！
我先不妨
倾了我的家赀还着。
到底实在还不清了，
再剜出我的心头肉，
同心一起付给他罢。

十八

我昼夜唱着相思底歌儿。
他们说我唱得形容憔悴了，
我将浪费了我的生命。
相思啊！
我颂了你吗？

我是吐尽明丝的蚕儿，
死是我的休息；
我诅了你吗？
我是吐出毒剑底蜂儿，
死是我的刑罚。

十九

我是只惊弓的断雁，
我的嘴要叫着你，
又要衔着芦苇，
保障着我的生命。
我真狼狈哟！

二〇

扑不灭的相思，
莫非是生命之原上底野烧？
株株小草底绿意，
都要被他烧焦了啊！

二一

深夜若是一口池塘，
这飘在他的黛漪上的
淡白的小菱花儿，

便是相思底花儿了,
哦!他结成青的,血青的,
有尖角的果子了!

二二

我们的春又回来了,
我搜尽我的诗句,
忙写着红纸的宜春帖。
我也不妨就便写张
"百无禁忌。"
从此我若失错触了忌讳,
我们都不必介意罢!

二三

我们是两片浮萍:
从我们聚散的速率,
同距离底远度,
可以看出风儿底缓急,
浪儿底大小。

二四

我们是鞭丝抽拢的伙伴,
我们是鞭丝抽散的离侣。

万能的鞭丝啊!
叫我们赞颂吗?
还是诅咒呢?

二五

我们弱者是鱼肉;
我们曾被求福者
重看了盛在笾豆里,
供在礼教底龛前。
我们多么荣耀啊!

二六

你明白了吗?
我们与照着客们吃喜酒的
一对红蜡烛;
我们站在桌子底
两斜对角上,
悄悄地烧着我们的生命,
给他们凑热闹。
他们吃完了,
我们的生命也烧尽了。

二七

若是我的话
讲得太多,
讲到末尾,
便胡讲一阵了,
请你只当我灶上的烟囱:
口里虽勃勃地吐着黑灰,
心里依旧是红热的。

二八

这算他圆满的三绝罢!——
莲子,
泪珠儿,
我们的婚姻。

二九

这一滴红泪:
不是别后的清愁,
却是聚前的炎痛。

三〇

他们削破了我的皮肉,
冒着险将伊的枝儿
强蛮地插在我的茎上。
如今我虽带着瘿肿的疤痕,
却开出从来没开过的花儿了。
他们是怎样狠心的聪明啊!
但每回我瞟出看花的人们
上下抛着眼珠儿,
打量着我的茎儿时,
我的脸就红了!

三一

哦,脑子啊!
刻着虫书鸟篆的
一块妖魔的石头,
是我的佩刀底砺石,
也是我爱河里的礁石,
爱人儿啊!
这又是我俩之间的界石!

三二

幽冷的星儿啊!
这般零乱的一团!
爱人儿啊!
我们的命运,
都摆布在这里了!

三三

冬天底长夜,
好不容易等到天明了,
还是一块冷冰冰的
铅灰色的天宇,
那里看得见太阳呢?
爱人啊!哭罢!哭罢!
这便是我们的将来哟!

三四

我是狂怒的海神,
你是被我捕着的一叶轻舟。
我的情潮一起一落之间,
我笑着看你颠簸;
我的千百个涛头

用白晃晃的锯齿咬你，
把你咬碎了，
便和樯带舵，吞了下去。

三五

夜鹰号咷地叫着；
北风拍着门环，
撕着窗纸，
撞着墙壁，
掀着屋瓦，
非闯进来不可。
红烛只不息地淌着血泪，
凝成大堆赤色的石钟乳，
爱人啊！你在那里？
快来剪去那乌云似的烛花，
快窝着你的素手
遮护着这抖颤的烛焰！
爱人啊！你在那里？

三六

当我告诉你们：
我曾在玉箫牙板，
一派悠扬的细乐里，
亲手掀起了伊的红盖帕；

我曾著着银烛,
一壁撷着伊的凤钗,
一壁在伊耳边问道:
"认得我吗?"
朋友们啊!
当你们听我讲这些故事时,
我又在你们的笑容里,
认出了你们私心的艳羡。

三七

这比我的新人,
谁个温柔?
从炉面镂空的双喜字间,
吐出了一线蜿蜒的香篆。

三八

你午睡醒来,
脸上印着红凹的簟纹,
怕是链子锁着的
梦魂儿罢?
我吻着你的香腮,
便吻着你的梦儿了。

三九

我若替伊画像,
我不许一点人工产物
污秽了伊的玉体。
我并不是用画家底肉眼,
在一套曲线里看伊的美;
但我要描出我常梦看的伊——
一个通灵澈洁的裸体的天使!
所以为免除误会起见,
我还要叫伊这两肩上
生出一双翅膀来。
若有人还不明白,
便把伊错认作一只彩凤,
那倒没什么不可。

四〇

假如黄昏时分,
忽来了一阵雷电交加的风暴,
不须怕得呀,爱人!
我将紧拉着你的手,
到窗口并肩坐下;
我们一句话也不要讲,

我们只凝视着
我们自己的爱力
在天边碰着,
碰出些金箭似的光芒,
炫瞎我们自己的眼睛。

四一

有酸的,有甜的,有苦的,有辣的。
豆子都是红色的,
味道却不同了。
辣的先让礼教尝尝!
苦的我们分着囫囵地吞下。
酸的酸得像梅子一般,
不妨细嚼着止止我们的渴。
甜的呢!
啊!甜的红豆都分送给邻家作种子罢!

四二

我唱过了各样的歌儿,
单单忘记了你。
但我的歌儿该当越唱越新,越美。
这些最后唱的最美的歌儿,
　　一字一颗明珠,
　　一字一颗热泪,

我的皇后啊!
这些算了我赎罪底菲仪,
这些我跪着捧献给你。

口　供

我不骗你，我不是什么诗人，
纵然我爱的是白石的坚贞，
青松和大海，鸦背驮着夕阳，
黄昏里织满了蝙蝠的翅膀。
你知道我爱英雄，还爱高山，
我爱一幅国旗在风中招展，
自从鹅黄到古铜色的菊花。
记着我的粮食是一壶苦茶！

可是还有一个我，你怕不怕？——
苍蝇似的思想，垃圾桶里爬。

"你指着太阳起誓"

你指着太阳起誓,叫天边的寒雁
说你的忠贞。好了,我完全相信你,
甚至热情开出泪花,我也不诧异。
只是你要说什么海枯,什么石烂……
那便笑得死我。这一口气的功夫
还不够我陶醉的?还说什么"永久"?
爱,你知道我只有一口气的贪图,
快来箍紧我的心,快!啊,你走,你走……

我早算就了你那一手——也不是变卦——
"永久"早许给了别人,秕糠是我的份,
别人得的才是你的菁华——不坏的千春。
你不信?假如一天死神拿出你的花押,
你走不走?去去!去恋着他的怀抱,
跟他去讲那海枯石烂不变的贞操!

大鼓师

我挂上一面豹皮的大鼓,
　我敲着它游遍了一个世界,
我唱过了形形色色的歌儿,
　我也听饱了喝不完的彩。

一角斜阳倒挂在檐下,
　我蹑着芒鞋,踏入了家村。
"咱们自己的那只歌儿呢?"
　她赶上前来,一阵的高兴。

我会唱英雄,我会唱豪杰,
　那倩女情郎的歌,我也唱,
若要问到咱们自己的歌,
　天知道,我真说不出的心慌!

我却吞下了悲哀，叫她一声，
　　"快拿我的三弦来，快呀快！
这只破鼓也忒嫌闹了，我要
　　那弦子弹出我的歌儿来。"

我先弹着一群白鸽在霜林里，
　　珊瑚爪儿踩着黄叶一堆；
然后你听那秋虫在石缝里叫，
　　忽然又变了冷雨洒着柴扉。

洒不尽的雨，流不完的泪，……
　　我叫声"娘子！"把弦子丢了，
"今天我们拿什么作歌来唱？
　　歌儿早已化作泪儿流了！

"怎么？怎么你也抬不起头来？
　　啊！这怎么办，怎么办！……
来！你来！我兜出来的悲哀，
　　得让我自己来吻它干。

"只让我这样呆望着你，娘子，
　　像窗外的寒蕉望着月亮，
让我只在静默中赞美你，
　　可是总想不出什么歌来唱。

"纵然是刀斧削出的连理枝，

你瞧,这姿势一点也没有扭。
我可怜的人,你莫疑我,
　　我原也不怪那挥刀的手。

　　"你不要多心,我也不要问,
　　山泉到了井底,还往哪里流?
我知道你永远起不了波澜,
　　我要你永远给我润着歌喉。

　　"假如最末的希望否认了孤舟,
　　假如你拒绝了我,我的船坞!
我战着风涛,日暮归来,
　　谁是我的家,谁是我的归宿?

　　"但是,娘子啊!在你的尊前,
　　许我大鼓三弦都不要用;
我们委实没有歌好唱,我们
　　既不是儿女,又不是英雄!"

你莫怨我

你莫怨我!
这原来不算什么,
人生是萍水相逢,
让他萍水样错过。
你莫怨我!

你莫问我!
泪珠在眼边等着,
只须你说一句话,
一句话便会碰落,
你莫问我!

你莫惹我!

不要想灰上点火，
我的心早累倒了，
最好是让它睡着，
　　你莫惹我！

你莫碰我！
你想什么，想什么？
我们是萍水相逢，
应得轻轻的错过。
　　你莫碰我！

　　你莫管我！
从今加上一把锁；
再不要敲错了门，
今回算我撞的祸，
　　你莫管我！

你 看

你看太阳像眠后的春蚕一样，
镇日吐不尽黄丝似的光芒；
你看负暄的红襟在电杆梢上，
酣眠的锦鸭泊在老柳根旁。

你眼前又陈列着青春的宝藏，
朋友们，请就在这眼前欣赏；
你有眼睛请再看青山的峦嶂，
但莫向那山外探望你的家乡。

你听听那枝头颂春的梅花雀，
你得揩干眼泪，和他一只歌。
朋友，乡愁最是个无情的恶魔，
他能教你眼前的春光变作沙漠。

你看春风解放了冰锁的寒溪,
半溪白齿琮琮的漱着涟漪,
细草又织就了釉釉的绿意,
白杨枝上招展着么小的银旗。

朋友们,等你看到了故乡的春,
怕不要老尽春光老尽了人?
呵,不要探望你的家乡,朋友们,
家乡是个贼,他能偷去你的心!

也 许
（葬歌）

也许你真是哭得太累，
也许，也许你要睡一睡，
那么叫夜鹰不要咳嗽，
蛙不要号，蝙蝠不要飞

不许阳光拨你的眼帘，
不许清风刷上你的眉，
无论谁都不能惊醒你，
撑一伞松荫庇护你睡，

也许你听这蚯蚓翻泥，
听这小草的根须吸水，
也许你听着这般音乐，

比那咒骂的人声更美；

那么你先把眼皮闭紧，
我就让你睡，我让你睡，
我把黄土轻轻盖着你，
我叫纸钱儿缓缓的飞。

泪　雨

他在那生命的阳春时节，
曾流着号饥号寒的眼泪；
那原是舒生解冻的春霖，
却也兆征了生命的哀悲。

他少年的泪是连绵的阴雨，
暗中浇熟了酸苦的黄梅；
如今黑云密布，雷电交加，
他的泪像夏雨一般的滂沛。

中途的怅惘，老大的蹉跎，
他知道中年的苦泪更多，
中年的泪定似秋雨淅沥，
梧桐叶上敲着永夜的悲歌。

谁说生命的残冬没有眼泪？
老年的泪是悲哀的总和；
他还有一掬结晶的老泪，
要开作漫天愁人的花朵。

末　日

露水在笕筒里哽咽着，
　　芭蕉的绿舌头舔着玻璃窗，
四围的垩壁都往后退，
　　我一人填不满偌大一间房。

我心房里烧上一盆火，
　　静候着一个远道的客人来，
我用蛛丝鼠矢喂火盆，
　　我又用花蛇的鳞甲代劈柴。

鸡声直催，盆里一堆灰，
　　一股阴风偷来摸着我的口，
原来客人就在我眼前，
　　我咳嗽一声，就跟着客人来。

死　水

这是一沟绝望的死水，
清风吹不起半点漪沦。
不如多扔些破铜烂铁，
爽性泼你的剩菜残羹。

也许铜的要绿成翡翠，
铁罐上锈出几瓣桃花；
再让油腻织一层罗绮，
霉菌给他蒸出些云霞。

让死水酵成一沟绿酒，
漂满了珍珠似的白沫；
小珠们笑声变成大珠，
又被偷酒的花蚊咬破。

那么一沟绝望的死水，
也就夸得上几分鲜明。
如果青蛙耐不住寂寞，
又算死水叫出了歌声。

这是一沟绝望的死水，
这里断不是美的所在，
不如让给丑恶来开垦，
看他造出个什么世界。

春 光

静得像入定了的一般,那天竹,
那天竹上密叶遮不住的珊瑚;
那碧桃;在朝暾里运气的麻雀。
春光从一张张的绿叶上爬过。
蓦地一道阳光晃过我的眼前,
我眼睛里飞出了万只的金箭,
我耳边又谣传着翅膀的摩声,
彷佛有一群天使在空中逻巡……

忽地深巷里迸出了一声清籁:
"可怜可怜我这瞎子,老爷太太!"

黄 昏

黄昏是一头迟笨的黑牛，
一步一步的走下了西山；
不许把城门关锁得太早，
总要等黑牛走进了城圈。

黄昏是一头神秘的黑牛，
不知他是那一界的神仙——
天天月亮要送他到城里，
一早太阳又牵上了西山。

我要回来

我要回来,
乘你的拳头像兰花未放,
乘你的柔发和柔丝一样,
乘你的眼睛里燃着灵光,
　　我要回来。

我没回来,
乘你的脚步像风中荡桨,
乘你的心灵像痴蝇打窗,
乘你笑声里有银的铃铛,
　　我没回来。

我该回来,
乘你的眼睛里一阵昏迷,

乘一口阴风把残灯吹熄，
乘一只冷手来掇走了你，
　　我该回来。

　　我回来了，
乘流萤打着灯笼照着你，
乘你的耳边悲啼着莎鸡，
乘你睡着了，含一口沙泥，
　　我回来了。

夜 歌

癞虾蟆抽了一个寒噤,
黄土堆里攒出个妇人,
妇人身旁找不出阴影,
月色却是如此的分明。

黄土堆里攒出个妇人,
黄土堆上并没有裂痕;
也不曾惊动一条蚯蚓,
或绷断蛸蟏一根网绳。

月光底下坐着个妇人,
妇人的容貌好似青春,
猩红衫子血样的狰狞,
髼松的散发披了一身。

妇人在号咷,捶着胸心,
癞虾蟆只是打着寒噤,
远村的荒鸡哇的一声,
黄土堆上不见了妇人。

心　跳

这灯光，这灯光漂白了的四壁；
这贤良的棹椅，朋友似的亲密；
这古书的纸香一阵阵的袭来；
要好的茶杯贞女一般的洁白；
受哺的小儿喏呷在母亲怀里，
鼾声报道我大儿康健的消息……
这神秘的静夜，这浑圆的和平，
我喉咙里颤动着感谢的歌声。
但是歌声马上又变成了咒诅，
静夜！我不能，不能受你的贿赂。
谁希罕你这墙内尺方的和平！
我的世界还有更辽阔的边境。
这四墙既隔不断战争的喧嚣，
你有什么方法禁止我的心跳？

最好是让这口里塞满了沙泥，
如其它只会唱着个人的休戚！
最好是让这头颅给田鼠掘洞，
让这一团血肉也去喂着尸虫，
如果只是为了一杯酒，一本诗，
静夜里钟摆摇来的一片闲适，
就听不见了你们四邻的呻吟，
看不见寡妇孤儿抖颤的身影，
战壕里的痉挛，疯人咬着病榻，
和各种惨剧在生活的磨子下。
幸福！我如今不能受你的私贿，
我的世界不在这尺方的墙内。
听！又是一阵炮声，死神在咆哮。
静夜！你如何能禁止我的心跳？

一个观念

你隽永的神秘,你美丽的谎,
你倔强的质问,你一道金光,
一点儿亲密的意义,一股火,
一缕缥缈的呼声,你是什么?
我不疑,这因缘一点也不假,
我知道海洋不骗他的浪花。
既然是节奏,就不该抱怨歌。
啊,横暴的威灵,你降伏了我,
你降伏了我!你绚缦的长虹——
五千多年的记忆,你不要动,
如今我只问怎样抱得紧你……
你是那样的横蛮,那样美丽!

发 现

我来了,我喊一声,迸着血泪,
　"这不是我的中华,不对,不对!"
我来了,因为我听见你叫我;
鞭着时间的罡风,擎一把火,
我来了,那知道是一场空喜。
我会见的是噩梦,那里是你?
那是恐怖,是噩梦挂着悬崖,
那不是你,那不是我的心爱!
我追问青天,逼迫八面的风,
我问,拳头擂着大地的赤胸,
总问不出消息;我哭着叫你,
呕出一颗心来,你在我心里!

祈 祷

请告诉我谁是中国人，
启示我，如何把记忆抱紧；
请告诉我这民族的伟大，
轻轻的告诉我，不要喧哗！

请告诉我谁是中国人，
谁的心里有尧舜的心，
谁的血是荆轲聂政的血，
谁是神农黄帝的遗孽。

告诉我那智慧来得离奇，
说是河马献来的馈礼；
还告诉我这歌声的节奏，
原是九苞凤凰的传授。

谁告诉我戈壁的沉默,
和五岳的庄严?又告诉我
泰山的石霤还滴着忍耐,
大江黄河又流着和谐?

再告诉我,那一滴清泪
是孔子吊唁死麟的伤悲?
那狂笑也得告诉我才好,——
庄周,淳于髡,东方朔的笑。

请告诉我谁是中国人,
启示我,如何把记忆抱紧;
请告诉我这民族的伟大,
轻轻的告诉我,不要喧哗!

一句话

有一句话说出就是祸,
有一句话能点得着火。
别看五千年没有说破,
你猜得透火山的缄默?
说不定是突然着了魔,
突然青天里一个霹雳
　　爆一声:
"咱们的中国!"

这话教我今天怎样说?
我不信铁树开花也可,
那么有一句话你听着:
等火山忍不住了缄默,
不要发抖,伸舌头,顿脚,

等到青天里一个霹雳

　　爆一声：

"咱们的中国！"

飞毛腿

我说飞毛腿那小子也真够别扭,
管包是拉了半天车得半天歇着,
一天少了说也得二三两白干儿,
醉醺醺的一死儿拉着人谈天儿。
他妈的谁能陪着那个小子混呢?
"天为啥是蓝的?"没事他该问你。
还吹他妈什么箫,你瞧那副神儿,
窝着件破棉袄,老婆的,也没准儿,
再瞧他擦着那车上的俩大灯罩,
擦着擦着问你曹操有多少人马。
成天儿车灯车把且擦且不完啦,
我说"飞毛腿你怎不擦擦脸啦?"
可是飞毛腿的车擦得真够亮的,

许是得擦到和他那心地一样的!
嗨!那天河里漂着飞毛腿的尸首,……
飞毛腿那老婆死得太不是时候!

闻一多先生的书桌

忽然一切的静物都讲话了,
　　忽然间书桌上怨声腾沸:
墨盒呻吟道"我渴得要死!"
　　字典喊雨水渍湿了他的背;

信笺忙叫道弯痛了他的腰;
　　钢笔说烟灰闭塞了他的嘴,
毛笔讲火柴烧秃了他的须,
　　铅笔抱怨牙刷压了他的腿;

香炉咕喽着"这些野蛮的书
　　早晚定规要把你挤倒了!"
大钢表叹息快睡锈了骨头;
　　"风来了!风来了!"稿纸都叫了;

笔洗说他分明是盛水的,
　　怎么吃得惯臭辣的雪茄灰;
桌子怨一年洗不上两回澡,
　　墨水壶说"我两天给你洗一回。"

"什么主人?谁是我们的主人?"
　　一切的静物都同声骂道,
"生活若果是这般的狼狈,
　　倒还不如没有生活的好!"

主人咬着烟斗咪咪的笑,
　　"一切的众生应该各安其位。
我何曾有意的糟蹋你们,
　　秩序不在我的能力之内。"

奇　迹

我要的本不是火齐的红，或半夜里
桃花潭水的黑，也不是琵琶的幽怨，
蔷薇的香，我不曾真心爱过文豹的矜严，
我要的婉娈也不是任何白鸽所有的。
我要的本不是这些，而是这些的结晶，
比这一切更神奇得万倍的一个奇迹！
可是，这灵魂是真饿得慌，我又不能
让他缺着供养，那么，即便是糟糠，
你也得募化不是？天知道，我不是
甘心如此，我并非倔强，亦不是愚蠢，
我是等你不及，等不及奇迹的来临！
我不敢让灵魂缺着供养，谁不知道
一树蝉鸣，一壶浊酒，算得了什么，
纵提到烟峦，曙壑，或更璀璨的星空，

也只是平凡,最无所谓的平凡,犯得着
惊喜得没主意,喊着最动人的名儿,
恨不得黄金铸字,给装在一支歌里?
我也说但为一阕莺歌便噙不住眼泪
那未免太支离,太玄了,简直不值当。
谁晓得,我可不能不那样:这心是真
饿得慌,我不能不节省点,把藜藿
权当作膏粱。

    可也不妨明说,只要你——
只要奇迹露一面,我马上就抛弃平凡
我再不瞅着一张霜叶梦想春花的艳
再不浪费这灵魂的膂力,剥开顽石
来诛求白玉的温润,给我一个奇迹,
我也不再去鞭挞着"丑",逼他要
那分背面的意义;实在我早厌恶了
这些勾当,这附会也委实是太费解了。
我只要一个明白的字,舍利子似的闪着
宝光,我要的是整个的,正面的美。
我并非倔强,亦不是愚蠢,我不会看见
团扇,悟不起扇后那天仙似的人面。
那么

  我便等着,不管等到多少轮回以后——
既然当初许下心愿,也不知道是在多少
轮回以前——我等,我不抱怨,只静候着
一个奇迹的来临。总不能没有那一天
让雷来劈我,火山来烧,全地狱翻起来

扑我,……害怕吗?你放心,反正罡风
吹不熄灵魂的灯,愿这蜕壳化成灰烬,
不碍事,因为那,那便是我的一刹那
一刹那的永恒———一阵异香,最神秘的
肃静,(日,月,一切星球的旋动早被
喝住,时间也止步了)最浑圆的和平……
我听见阊阖的户枢훅然一响,
传来一片衣裙的声响——那便是奇迹——
半启的金靡中,一个戴着圆光的你!

园　内

序　曲

你开始唱着园内之"昨日",
请唱得象玉杯跌得粉碎,
血色的酒浆溅污了满地;
然后模拟掌中的细沙,
从指缝之间溜出的声响。

你若唱到园内之"今日",
当唱得像似一溪活水,
在旭日光中淙淙流去;
或如村塾里总角的学童,
走珠似地背诵他的课本。

你若会唱园内之"明日",
你当想起我们紫白的校旗,
你便唱出风旗飘舞的节奏;
最末,避席起立,额手致敬,
你又须唱得像军乐交鸣。

一

寂寥封锁在园内了,
风扇不开的寂寥,
水流不破的寂寥。
麻雀呀!叫呀,叫呀!
放出你那箭镝似的音调,
射破这坚固的寂寥!
但是雀儿终叫不出来,
寂寥还封锁在园内。

在这沉闷的寂寥里,
雨水泡着的朱扉,
才剩下些银红的霞晕,
雨水洗尽了昨日的光荣。
在这沉闷的寂寥里,
金黄釉的琉璃瓦,
是条死龙的残鳞败甲,
飘零在四方上下。

在这阴霾的寂寥里，
大理石、云母石、青琅玕、汉白玉，
龟坼的阶墀、矢折的栏柱，……
纵横地卧在蓬蒿丛里，
像是曝在沙场上的战骨。

在这悲酸的寂寥里，
长发的柳树还像宫妃，
瞰在胶凝的池边饮泣，饮泣……
半醒的蜗牛在败壁上，
拖出了颠斜错杂的篆文，
仿佛一页写错了的历史。

在这恐怖的寂寥里，
瘠的月儿常挂在松枝上，
像煞一个缢死的僵尸：
在这恐怖的寂寥里，
疯魔的月儿在松枝上缢死。

在这无聊的寂寥里，
坍碎了的王宫变成一座土地庙；
颤怯的农夫鬼物似的，
悄悄地溜进园来，
悄悄地烧了香，磕了头，
又悄悄地溜出园去……
寂寥又封锁在园内了。

寂寥封锁在园内了,
风扇不开的寂寥,
水流不破的寂寥……
一切都是沉闷阴霾,
一切都是悲酸恐怖,
一切都是百无聊赖。

二

好了!新生命胎动了!
寂寥的园内生了瑞芝,
紫的灵芝,白的灵芝
妆点了神秘的芜园。
灵芝生了,新生命来了!
好了,活泼泼的少年
摩肩接踵地挤进园来了。

饿着脑筋,烧着心血,
紧张着肌肉的少年,
从长城东头,穿过山海关,
裹着件大氅,跑进园来了;
从长城西尾,穿过潼关,
坐在驴车里拉进园来了。
从三峡的湍流里救出的少年,
病恹恹地跛进园里来了;

漂过了南海，漂过了东海，
漂过了黄海，漂过了渤海的少年
摇着团罗扇，闯进园里来了；
风流倜傥的少年，
碧衫儿荡着西湖的波色，
翩翩然飘进园里来了

少年们来了，灵芝生满园内，
一切只是新鲜，一切只是明媚，
一切只是希望，一切只是努力；
灵芝不断地在园内苗放，
少年们不断地在园内努力。

三

于是曙色烘醒了东方，
好像浸渐明晰的思想。
晨鸡叫了，晨星没了，
太阳翻身起来了——
金光镀在紫铜盖的穹窿上，
金光燃在龙鳞似的琉璃瓦上，
金光描在高楼顶的旗杆上，
金光洒在颤巍巍的松枝上，
金光吻在少年的桃颊上。

少年在太阳的跸道之旁

瞻望六龙挽着的云车发轫,
仿佛诚惶诚恐的村童,
遥望着帝王的法驾西幸,
无限的敬仰,无限的欣羡,
充满了他那蒙稚的心灵。

早起的少年危立在假石山上,
红荷招展在他脚底,
旭日灿烂在他头上,
早起的少年对着新生的太阳,
如同对着他的严师,
背诵庄周屈子的鸿文,
背诵沙翁弥氏的巨制。

万籁无声,宇宙在敛息倾听,
驯雀飞下平地来倾听,
金鱼浮上池面来倾听——
少年对着新生的太阳,
背诵着他的生命的课本。

啊!"自强不息"的少年啊!
谁是你的严师?
若非这新生的太阳?

四

于是夕阳涨破了西方，
赤血喋染了宇宙——
不是赔偿罪恶的代价，
乃是生命澎涨之溢流。

赤血喋染了宇宙，
细草伸出舌头舐着赤血，
绿杨散开乱发沐着赤血。
喷水池抛开螺钿镶的银链，
吼着要锁住窜游的夕阳；
夕阳跌倒在喷水池中，
池中是一盆鲜明的赤血。

红砖上更红的爬墙虎，
紫茎里迸出赤叶的爬墙虎，
仿佛是些血管涨破了，
迸出了满墙的红血斑。

赤血澎涨了夕阳的宇宙，
赤血澎涨了少年的血管。
少年们在广场上游戏，
球丸在太空里飞腾，

像是九天上跳踉的巨灵,
戏弄着熄了的太阳一样。

少年们踢着熄了的太阳,
少年们抛着熄了的太阳,
少年们顶着熄了的太阳,
少年们抱着熄了的太阳;
生命澎涨了少年的血管,
少年们在戏弄熄了的太阳。

夕阳里喧呼着的少年们,
赤铜铸的筋骨,
赤铜铸的精神,
在戏弄熄了的太阳。

五

于是月亮窥进了东园,
宇宙被清光浸满,
宇宙晶凉的海水一般。
宇宙变了清光之海——
银波进入了窗棂,
银波泛滥了庭院,
银波弥漫了大自然,
宇宙沉沦在海底在。

哪里有杨柳？哪里有松桧？
这水似的晶蓝的空气中，
只有些曼舞的海藻，
只有些鹄立的铁珊瑚，
拱抱着巍峨的大礼堂，
龙宫似的庄严灿烂。

龙宫的闾阖是黄金锤出的，
龙宫的楹柱是白玉雕成的。
哦，莫不是水国的仙人——
这清空灵幻的少年
飘摇在龙宫之东，龙宫之西，
那雍容闲雅的少年
踯躅在龙宫之南，龙宫之北？

少年浮游在海底，
浮游在清光之海底；
清光浸入少年的心里，
清光洗在少年的身外。
涤尽浊垢，饮入清光。
少年便是清光之海。

听啊，哪里来的歌声？
莫非就是泣珠的鲛人——
莫非是深深海底的鲛人，
坐在紫黑的青石凳下，

一壁织着愁思之绡,
一壁唱着缠绵之歌?
啊,如此缠绵的歌声,
唱得海水的晶波战栗,
唱得海树的枝叶飕飕,
唱得少年不能仰首,
唱醒了少年杳恨冥愁。

少年听了缠绵的歌声,
唤起了甜蜜蜜的神圣的绝望。
或是热烘烘的玄秘的隐忧,
一种没由来,没目的,
一知半解的少年愁——
为了茫茫的大千宇宙?
为了滔滔的洪水猛兽?
为了闸不住的情绪之流?
还是抛不下锚的生命之舟?

六

于是月儿愈渐躲入了西园,
楼房的暗影愈渐伸张弥漫,
列着鹅鹳阵的暗影转战而前,
终于占领了凄凉的庭院。

院中垂头丧气的花木,

是被黑暗拘囚的俘虏；
锁在檐下的紫丁香，
锁在墙脚的迎春柳，
含着露珠儿，含着泪珠儿，
莫不是牛衣对泣的楚囚？

画角哀哀地叫了！
悲壮的画角在黑暗里狂吠，
好像激昂的更犬吠着盗贼；
锐利的角声在空中咬着，
咬破了黑暗的魔术，
咬破了少年的美梦，
少年们揎开美梦，跳起榻床，
少年们已和黑暗宣战了。

哦，静夜的角声如何哭了？
将少年们的心脏哭融了，
五百个战士的心脏融成一个。

楼上点着蜡烛，
楼下点着蜡烛，
少年们正在会议，
少年们正在努力。
三旗营的铜磬报尽了五更，
报道黑暗的行程将尽，
少年们啊，再点上一支蜡烛，

便撑持过了这黑暗的末路!

曙光回了,新生命又来了!
一切又是新鲜,明媚,
一切又是希望,努力。
饿的脑筋,烧着心血,
紧张着肌肉的少年们,
凭着知道造出了希望;
活泼泼的少年们,
又在园内不断地努力。

七

然后有一天园内的昨日,
隐入了蒙昧的历史,
园内的今日瓜代了昨日。
然后风云扰攘的天宇
终竟澈体澄清了,
雍穆的蔚蓝临照了一切。
无垠的蔚蓝的天宇,
衬出了金碧辉煌的楼阁。

焕丽雄伟的楼阁,
像似皇宫帝阙一般!
蓬莱的晓钟鸣了,
文武的千官,戎狄的臣侄,

群在崔嵬的紫宸殿下,
膜拜着文献之王。

肃静森严的楼阁,
又似佛寺梵宇一般——
上方的暮磬响了,
意志猛似龙象的僧侣们,
群在理智之佛像前,
焚着虔诚的香火。

哦,文献的宫殿啊!
哦,理智的寺观啊!
矗峙在蔚蓝的天宇中,
你是东方华胄的学府!
你是世界文化的盟坛!

八

飘啊,紫白参半的旗哟!
飘啊,化作云气飘摇着!
白云扶着紫气哟,
氤氲在这"水木清华"的景物上,
好让这里万人的眼望着你,
好让这里万人的心向着你!

这里万人还在猛烈地工作,

像园内的苍松一般工作,
伸出他们的理智的根爪,
挖烂了大地的肌膝,
撕裂了大地的骨骼,
将大地的神髓吸尽,
好向中天的红日泄吐。

这里万人还在静默地工作,
像园外的西山一般工作,
静默地滋育了草木,
静默地迸溢了温泉,
静默地驮负了浮图御苑,
春夏他沐着雨露的膏泽,
秋冬他戴着霜雪的伤痕,
但他总是在静默中工作。

这里努力工作的万人,
并不像西方式的机械,
大齿轮绾着小齿轮,
全无意识地转动,
全无目的地转动。
但只为他们的理想工作,
为他们四千年来的理想,
古圣先贤的遗训,努力工作。

雪气氲氲的校旗呀!

你在百尺高楼上飘摇着,
近瞩京师,远望长城,
你临照着旧中华的脊骸,
你临照着新中华的心脏。
啊,展开那四千年文化的历史,
惊醒万人,启示万人,
赐给他们灵感,赐给他们精神!

云气氤氲的校旗呀!
在东西文化交锋之时,
你又是万人的军旗!
万人肉袒负荆的时间过了,
万人卧薪尝胆的时期过了,
万人要为四千年的文化,
与强权霸术决一雌雄!

云气氤氲的校旗呀!
你便是东方的紫气,
你飘出函谷关,向西迈往,
你将挟着我们圣人的灵魂,
弥漫了西土,弥漫了全球!

飘呀!紫白参半的旗呀!
飘呀!化作云气飘摇着!
白云扶着的紫气呀!

氤氲在这"水木清华"的景物上,
莫使这里万人忘了你的意义!
莫使这里万人忘了你的意义!

渔阳曲

白日底光芒照射着朱梦,
丹墀上默跪着双双的桐影。
宴饮的宾客坐满了西厢,
高堂上虎踞着他们的主人,
高堂上虎踞着威严的主人,
　　叮当,叮当,
　　沉默弥漫了堂中,
　　又一个鼓手,
　　在堂前奏弄,
　　这鼓声与众不同。
　　叮当,叮当,
　　听!你可听得懂?
　　听!你可听得懂?

银玉碟——尝不遍燕脯龙肝,
鸬鹚杓子泻着美酒如泉……
杯盘的交响闹成铿锵一片,
笑容堆皱在主人底满脸——
啊,笑容堆皱了主人底满脸。
　　叮当,叮当,
　　这鼓声与众不同——
　　　它清如鹤唳,
　　　它细似吟蛩;
　　这鼓声与众不同。
　　叮当,叮当,
　　听!你可听得懂?
　　听!你可听得懂?

你看这鼓手他不像是凡夫,
他儒冠儒服,定然腹有诗书;
他宜乎调度着更幽雅的音乐,
粗笨的鼓棰不是他的工具,
这双鼓棰不是这手中的工具!
　　叮当,叮当,
　　这鼓声与众不同——
　　　像寒泉注涧,
　　　像雨打梧桐;
　　这鼓声与众不同。
　　叮当,叮当,
　　听!你可听得懂?

听！你可听得懂？

你看他敲着灵鼍鼓，两眼朝天，
你看他在庭前绕一道长弧线，
然后徐徐地步上了阶梯，
一步一声鼓，越打越酣然——
啊，声声的叠鼓，越打越酣然。
　　叮当，叮当，
　这鼓声与众不同——
　　陡然成急切，
　　忽又变沉雄；
　这鼓声与众不同。
　　叮当，叮当，
　不同，与众不同，
　不同，与众不同。

坎坎的鼓声震动了屋宇，
他走上了高堂，便张目四顾，
他看见满堂缩瑟的猪羊，
当中是一只磨牙的老虎。
他偏要撩一撩这只老虎。
　　叮当，叮当，
　这鼓声与众不同。
　　这不是颂德，
　　也不是歌功；
　这鼓声与众不同。

叮当，叮当，
　不同，与众不同，
　不同，与众不同。

他大步地跨向主人底席旁，
却被一个班吏匆忙地阻挡；
"无礼的奴才！"这班吏吼道，
"你怎不穿上号衣，就往前瞎闯？
你没穿号衣，就往这儿瞎闯？"
　　叮当，叮当，
　这鼓声与众不同——
　　分明是咒诅，
　　显然是嘲弄；
　这鼓声与众不同。
　　叮当，叮当，
　听！你可听得懂？
　听！你可听得懂？

他领过了号衣，靠近栏杆，
次第的脱了皂帽，解了青衫，……
忽地满堂的目珠都不敢直视，
仿佛看见猛烈的光芒一般，
仿佛他身上射出金光一般。
　　叮当，叮当，
　这鼓手与众不同；
　　他赤身露体，

他声色不动；
　这鼓手与众不同。
　　叮当，叮当，
　真个与众不同！
　真个与众不同！

满堂是恐怖，满堂是惊讶，
满堂寂寞——日影在石栏杆下；
飞起了翩翩一只穿花蝶，
洒落了疏疏几点木犀花，
庭中洒下了几点木犀花。
　　叮当，叮当，
　这鼓手与众不同——
　　　莫不是酗醉？
　　　莫不是癫疯？
　这鼓手与众不同。
　　叮当，叮当，
　定当与众不同！
　定当与众不同！

苍黄的号褂，露出一只赤臂，
头颅上高架着一顶银盔——
他如今换上了全副的装束，
如今他才是一个知礼的奴才。
如今他才是一个知礼的奴才。
　　叮当，叮当，

这鼓声与众不同——
　　　像狂涛打岸，
　　　像霹雳腾空；
　　这鼓声与众不同。
　　　叮当，叮当，
　　不同，与众不同！
　　不同，与众不同！

他在主人的席前左右徘徊，
鼓声愈渐激昂，越加慷慨；
主人停了玉杯，住了象箸，
主人的面色早已变作死灰，
啊，主人的面色为何变作死灰？
　　　叮当，叮当，
　　这鼓声与众不同——
　　　擂得你胆寒，
　　　挝得你发耸；
　　这鼓声与众不同。
　　　叮当，叮当，
　　不同，与众不同！
　　不同，与众不同！

猖狂的鼓声在庭中嘶吼，
主人的羞恼哽塞在咽喉，
主人将唤起威风，呕出怒火，
谁知又一阵鼓声扑上心头，

把他的怒火扑灭在心头。
　　叮当，叮当，
　这鼓声与众不同——
　　像鱼龙走峡，
　　像兵甲交锋；
　这鼓声与众不同。
　　叮当，叮当，
　不同，与众不同！
　不同，与众不同！

堂下的鼓声忽地笑个不止，
堂上的主人只是坐着发痴；
洋洋的笑声洒落在四筵，
鼓声笑破了奸雄的胆子——
鼓声又笑破了主人的胆子！
　　（叮当，叮当，）
　这鼓手与众不同——
　　席上的主人，
　　一动也不动；
　这鼓手与众不同。
　　（叮当，叮当，）
　定当与众不同！
　定当与众不同！

白日的残辉绕过了雕楹，
丹墀上没有了双双的桐影。

无聊的宾客坐满了两厢，
高堂上呆坐着他们的主人，
高堂上坐着丧气的主人。
　　（叮当，叮当，）
　这鼓手与众不同——
　　惩斥了国贼，
　　庭辱了枭雄；
　这鼓手与众不同。
　　（叮当，叮当，）
真个与众不同！
真个与众不同！

七子之歌

邶有七子之母不安其室。七子自怨自艾，冀以回其母心。诗人作《凯风》以愍之。吾国自尼布楚条约迄旅大之租让，先后丧失之土地，失养于祖国，受虐于异类，臆其悲哀之情，盖有甚于《凯风》之七子，因择其中与中华关系最亲切者七地，为作歌各一章，以抒其孤苦亡告，眷怀祖国之哀忱，亦以励国人之奋兴云尔。国疆崩丧，积日既久，国人视之漠然，不见夫法兰西之 Alsace-Lorraine 耶？"精诚所至，金石能开。"诚如斯，中华"七子"之归来其在旦夕乎！

澳　门

你可知"妈港"不是我的真名姓？……
我离开你的襁褓太久了，母亲！
但是他们掳去的是我的肉体，

你依然保管着我内心的灵魂。
三百年来梦寐不忘的生母啊!
请叫儿的乳名,叫我一声"澳门"!
　　母亲!我要回来,母亲!

香　港

我好比凤阙阶前守夜的黄豹,
母亲呀,我身分虽微,地位险要。
如今狞恶的海狮扑在我身上,
啖着我的骨肉,咽着我的脂膏;
母亲呀,我哭泣号啕,呼你不应。
母亲呀,快让我躲入你的怀抱!
　　母亲!我要回来,母亲!

台　湾

我们的东海捧出的珍珠一串,
琉球是我的群弟我就是台湾。
我胸中还氤氲着郑氏的英魂,
精忠的赤血染了我的家传。
母亲,酷炎的夏日要晒死我了;
赐我个号令,我还能背城一战。
　　母亲!我要回来,母亲!

威海卫

再让我看守着中华最古的海,
这边岸上原有圣人的丘陵在。
母亲,莫忘了我是防海的健将,
我有一座刘公岛作我的盾牌。
快救我回来呀,时期已经到了。
我背后葬的尽是圣人的遗骸!
　　母亲!我要回来,母亲!

广州湾

东海和耿州是我的一双管钥,
我是神州后门上的一把铁锁。
你为什么把我借给一个盗贼?
母亲呀,你千万不该抛弃了我!
母亲,让我快回到你的膝前来,
我要紧紧的拥抱着你的脚髁。
　　母亲!我要回来,母亲!

九　龙

我的胞兄香港在诉他的苦痛,
母亲呀,可记得你的幼女九龙?
自从我下嫁给那镇海的魔王,

我何曾有一天不在泪涛汹涌!
母亲,我天天数着归宁的吉日,
我只怕希望要变作一场空梦。
　　母亲!我要回来,母亲!

旅顺,大连

我们是旅顺,大连,孪生的兄弟。
我们的命运应该如何的比拟?——
两个强邻将我们来回的蹴蹋,
我们是暴徒脚下的两团烂泥。
母亲,归期到了,快领我们回来。
你不知道儿们如何的想念你!
　　母亲!我们要回来,母亲!

爱国的心

我心头有一幅旌旆
没有风时自然摇摆；
我这幅抖颤的心旌
上面有五样的色彩。

这心腹里海棠叶形
是中华版图底缩本；
谁能偷去伊的版图？
谁能偷得去我的心？

我是中国人

我是中国人,我是支那人,
我是黄帝的神明血胤;
我是地球上最高处来的,
帕米尔便是我的原籍。

我的种族是一条大河,
我们流下了昆仑山坡,
我们流过了亚洲大陆,
我们流出了优美的风俗。

伟大的民族,伟大的民族!
五岳一般的庄严正肃,
广漠的太平洋底度量,
春云的柔和,秋风的豪放!

我们的历史可以歌唱，
他是尧时老人敲着木壤，
敲出来的太平的音乐，——
我们的历史是一首民歌。

我们的历史是一只金，
盛着帝王祀天的芳醴！
我们敬人，我们又顺天，
我们是乐天安命的神仙。

我们的历史是一掬清泪，
孔子哀悼死麒麟的泪；
我们的历史是一阵狂笑，
庄周，淳于髡，东方朔的笑。

我是中国人，我是支那人，
我的心里有尧舜的心，
我的血是荆轲聂政的血，
我是神农黄帝的遗孽。

我的智慧来得真离奇，
他是河马献来的馈礼；
我这歌声中的节奏，
原是九苞凤凰的传授。

我心头充满戈壁的沉默,
脸上有黄河波涛的颜色,
泰山的石乳滴成我的忍耐,
峥嵘的剑阁撑出我的胸怀。

我没有睡着!我没有睡着!
我心中的灵火还在燃烧;
我的火焰他越烧越燃,
我为我的祖国烧得发颤。

我的记忆还是一根麻绳,
绳上束满了无数的桔梗;
一个结子是一桩史事——
我便是五千年的历史。

我是过去五千年的历史,
我是将来五千年的历史。
我要修葺这历史的舞台,
预备排演历史的将来。

我们将来的历史是首歌,
还歌着海晏河清的音乐。
我们将来的历史是杯酒,
又在金乳里给皇天献寿。

我们将来的历史是滴泪,

我的泪洗尽人类的悲哀。
我们将来的历史是声笑,
我的笑驱尽宇宙的烦恼。

我们是一条河,一条天河,
一派浑浑噩噩的光波——
我们是四万万不灭的明星;
我们的位置永远注定。

伟大的民族!伟大的民族!
我是东方文化的鼻祖,
我的生命是世界的生命。
我是中国人,我是支那人!

长城下之哀歌

啊！五千年文化底纪念碑哟！
伟大的民族底伟大的标帜！……
哦，哪里是赛可罗坡底石城？
哪里是贝比楼？哪里是伽勒寺？
这都是被时间蠹蚀了的名词；
长城！肃杀的时间还伤不了你。

长城啊！你又是旧中华底墓碑，
我是这墓中的一个孤鬼——
我坐在墓上痛哭，哭到地裂天开，
可才能找见旧中华底灵魂，
并同我自己的灵魂之所在？……
长城啊！你原是旧中华底墓碑！

长城啊！老而不死的长城啊！
你还守着那九曲的黄河吗？
你可听见他那消沉的脉搏？
你的同僚怕不就是那金字塔？
金字塔，他虽守不住他的山河，
长城啊！你可守得住你的文化！

你是一条身长万里的苍龙，
你送帝轩辕升天去回来了，
偃卧在这里，头枕沧海，尾蹋昆仑，
你偃卧在这里看护他的子孙。
长城啊！你可说了你的责任？
怎么黄帝的子孙终于"披发左衽"！

你又是一座曲折的绣屏：
我们在民间后的华堂上宴饮——
日月是我们的两柱纱灯，
海水开风和着我们高咏，
直到时间也为我们驻辔流连，
我们便挽住了时间放怀酣寝。

长城！你为我们的睡眠担当保障；
待我们睡锈了我们的筋骨，
待我们睡忘了我们的理想，
盗贼们忽都爬过我们的围屏，
我们哪能御抗？我们只得投降，

我们只得归附了狐群狗党。

长城啊！你何曾隔阂了匈奴，吐蕃？
你又何曾障阻了辽，金，满？……
古来只有塞下的雪没马蹄，
古来只有塞上的烽烟云卷，
古来还有胡马总载着一个佳人，
抱着琵琶饮泣，驰出了玉关！……

唉！何须追忆得昨日的辛酸！
昨日的辛酸怎比今朝的劫数？
昨日的敌人是可汗，是单于，
都幸而闯入了我们的门庭，
洗尽腥秽，攀上了文明底坛府，——
昨日的敌人还是我们的同族。

但是今日的敌人，今日的敌人，
是天灾？是人祸？是魔术？是妖氛？
哦，钢筋铁骨，嚼火漱雾的怪物，
运输着罪孽，散播着战争，……
哦，怕不要扑熄了我们的日月，
怕不要捣毁了我们的乾坤！

啊！从今哪有珠帘半卷的高楼，
镇日里睡鸭焚香，龙头泻酒，
自然歌稳了太平，舞清了宇宙？

从今哪有石坛丹灶的道院，
一树的碧阴，满庭的红日，——
童子煎茶，烧着了枯藤一束？

哪有窗外的一树寒梅，万竿斜竹，
窗里的幽人抚着焦桐独奏？
再哪有荷锄的农夫踏着夕阳，
歌声响在山前，人影没入山后？
又哪有柳荫下系着的渔舟，
和细雨斜风催不回的渔叟？

哦，从今只有暗无天日的绝壑，
装满了么小微茫的生命，
像黑蚁一般的，东西驰骋，——
从今只有半死的囚奴：鹄面鸠形，
抱着金子从矿坑里爬上来，
给吃人的大王们献寿谢恩。

从今只有数不清的烟突，
仿佛昂头的毒蟒在天边等候，
又像是无数惊恐的恶魔，
伸起了巨手千只，向天求救，
从今瞥着万只眼睛的街市上，
骷髅拜骷髅，骷髅赶着骷髅走。

啊！你们夸道未来的中华，

就夸道万里的秦岭蜀山，
剖开腹脏，泻着黄金；泻着宝钻；
夸道我们铁路络绎的版图，
就像是网脉式的楮叶一片，
停泊在太平洋底白浪之间。

又夸道麕载归来的战舰商轮，
载着金的，银的，形形色色的货币，
镌着英皇乔治，美国总统林肯，
各国元首底肖像，各国底国名；
夸道西欧底海狮，北美底苍隼，
俯首锻翮，都在上国之前请命。

你们夸道东方的日耳曼，
你们夸道又一个黄种的英伦，——
哈哈！夸道四千年文明神圣，
俯首帖耳的堕入狗党狐群！
啊！新的中华吗？假的中华哟！
同胞啊！你们才是自欺欺人！

哦，鸿荒的远祖——神农，黄帝！
哦，先秦的圣哲——老聃，宣尼！
吟着美人香草的爱国诗人！
饿死西山和悲歌易水的壮士！
哦，二十四史里一切的英灵！
起来呀，起来呀，请都兴起，——

请鉴察我的悲哀,做我的质证,
请来看看这明日的中华——
庶祖列宗啊!我要请问你们:
这纷纷的四万万走肉行尸,
你们还相信是你们的血裔?
你们还相信是你们的子孙?

神灵的祖宗啊!事到如今,
我当怨你们筑起这各种城寨,
把城内文化底种子关起了,
不许他们自由飘播到城外,
早些将礼义底花儿开遍四邻,
如今反教野蛮底荆棘侵进城来。

我又不懂这造物之主底用心,
为何那里摊着荒绝的戈壁,
这里架起一道横天的葱岭,
那里又停着浩荡的海洋,
中间藏着一庭蓬莱仙境,
四周围又堆伏着魍魉猩猩?

最善哭的太平洋!只你那容积,
才容得下我这些澎湃的悲思。
最宏伟,最沉雄的哀哭者哟!
请和着我放声号啕地哭泣!
哭着那不可思议的命运,

哭着那亘古不灭的天理——
哭着宇宙之间必老的青春,
哭着有史以来必散的盛筵,
哭着我们中华的庄严灿烂,
也许永远永远地烟消云散。
哭啊!最宏伟,最沉雄的太平洋!
我们的哀痛几时方能哭完?

啊!在麦垅中悲歌的帝子!
春水流愁,眼泪洗面的降君!
历代最伤心的孤臣节士!
古来最善哭的的胜国遗民!
不用悲伤了,不用悲伤了,
你们的丧失究竟轻微得很。

你们的悲哀算得了些什么?
我的悲哀是你们的悲哀之总和。
啊!不料中华最末次的灭亡,
黄帝子孙最彻底的堕落,
毕竟要实现于此日今时,
毕竟在我自己的眼前经过。

哦,好萧杀,好尖峭的冰风啊!
走到末路的太阳,你竟这般沮丧!
我们中华底名字镌在你身上;
太阳,你将被这冰风吹得冰化,

中华底名字也将冰得同你一样?
看啊! 猖獗的冰风! 狼狈的太阳!

哦,你一只大雕,你从哪里来的?
你在这铅铁的天空里盘飞;
这八达岭也要被你占了去,
筑起你的窠巢,蕃殖你的族类?
圣德的凤凰啊! 你如何不来,
竟让这神州成了恶鸟底世界?

雹雪重载的冻云来自天涯,
推揎着,摩擦着,在九霄争路,
好像一群激战的天狼互相鏖杀。
哦,冻云涨了,滚落在居庸关下,
苍白的冻云之海弥漫了四野,——
哎呀! 神州啊! 你竟陆沉了吗?

长城啊! 让我把你也来撞倒,
你我都是赘疣,有些什么难舍?
哦,悲壮的角声,送葬的角声,——
画角啊! 不要哀伤,也不要诅骂!
我来自虚无,还向虚无归去,
这堕落的假中华不是我的家!

叫卖歌

朦胧的曲巷群鸦唤不醒,
东方天上只是一块黄来一块青。
这是谁催着少妇上梳妆?——
　"白兰花!白兰花!"
　声声落入玻璃窗。

桐阴摊在八尺的高墙底,
"知了"停了,一阵饭香飘到书房里。
忽把孩儿的午梦惊破了——
　"薄荷糖!薄荷糖!"
　小锣儿在墙角敲。

市声像沸水在铜壶里响,
半壁金丝是竹帘筛进的淡斜阳。

这是谁遮断先生的读书声?——
　"老莲蓬!老莲蓬!"
　满担清香挑进门。

黄昏要拥住全城安歇,
纷飞的蝙蝠仿佛是风摧落叶。
这时谁将神秘载满老人心?——
　你听啦!你听啦!
　算命瞎子拉胡琴。

南海之神——中山先生颂

一、神之降生

炎风煸惑了龃龉的波浪；
海水熬成了一锅热油——
大波噬着小澜，惊涛扑着骇浪。
妖云在摇旗，迅雷在呐喊，
天是精铜的破镜一面；
世界要变成一场大血战。
贝阙里的老龙睡得不安，
仿佛听见了一阵隐约的哭声，
像是九霄云外的哀鸿航过。
慈悲的泪在他脸上开成了珠花。
忽地他长啸一声——天昏地黑，

南海岸上一个婴儿坠地了!

婴儿醒了,呱呱的哭声,
载满了一个民族的悲哀。
婴儿又睡了,沉默笼罩着宇宙。
于是蔚蓝的高天是父的庄严,
葱绿的大地是母的慈爱。
于是畏惧坐镇在人之心上;
鸟儿的歌声涌到喉间又吞下去了,
花瓣儿浮在空中不敢坠落……
一切的都敛息屏声,
护持着这新生命的睡眠,
倾听着这新脉搏的节奏。
一切的生命都要让开路来,
尽这一道新生命往前先走。

于是宇宙万物尽他们所有的
都献给他作为庆贺的仪程了;
巍峨的五岳献给他庄严;
瞿塘捲湉的石壁献给他坚忍;
从深山峭谷里探出路径,
捣石成沙,撞断巫山十二峰,
奔流万里,百折不回的扬子江,
献给他寰球三大毅力之一。
浩荡的太平洋献给他度量,
轻身狎浪的海鸥又献给他冒险精神。

谁献给他慈蔼的美德？——
说苏了小草的春雨和吹着麦浪的薰风；
谁献给他先觉的智慧？——踞皋的晨鸡；
谁献给他决斗的精神？——负隅的困兽。
九天的雷霆献给他震怒；
日月星辰献给他洞察的眼光；
然后造物者又把创造的全能交付给他了。
于是全宇宙长在一个人的躯壳里了；
啊，一个宇宙在人间歌哭言笑！
一个宇宙在人间奔走呼号！——
于是赤县神州有一个圣人
同北邻建树赤帜的圣人比肩，
同西邻的 Mahatma 争衡，
同太平洋彼岸上为一个奴隶民族
解脱了枷锁的圣人并驾齐驱！

二、纪元之创造

百尺的朱门关闭了五千年；
黑色的苔癣侵蚀了雕梁画栋，
野蜂在兽环的口里作了巢，
屋脊上的飞鱼、鸱吻、铜雀、宝瓶，……
狼藉在臭秽的壕沟里，
宇宙乘除了五千个春秋，
积尘瘗没了浮沤钉，
百尺的朱门依然没有人来开启。

风雨如晦鸡鸣不已的时候,
忽然来了一个愁容满面的巨人,
擎着一只熊熊的火把,
走上门前拍一拍门环,叫一声:
"开门呀!"
一阵蝙蝠从砖缝瓦罅里飞出来了;
失了胶黏力的灰泥垩粉
纷纷的洒落在他头上。
他又叫了一声,连叫几声。……
他耳边但有危梁欹柱解体脱节的异响
总听不见应门的人声。
滚滚的热泪流到喉咙里来了,
他将热泪咽下了,又大叫数声,
在门扉上拳椎脚踢,
在门扉上拳椎脚踢,
他吼声如雷,他洒泪如雨,……
全宇宙的震怒在他身上烧着了。
他是一座烘炉——他是烘炉中的一条火龙,
每一颗鳞甲是一颗火星,
每一条须髯是一条火焰。
时期到了!时期到了!他不能再思了!
于是他挥起巨斧,巨斧在他手中抖颤——
摩天的巨斧像山岳一般倒下来了,
的一声——阊阖洞开了!
的一声——飞昂折倒了!
的一声——黄阙丹墀变成齑粉了!

于是在第二个盘古的神斧之下，
五千年的金龙宝殿一扫而空——
前五千年的盘据地禅让给后五千年了。
于是中华的圣人创造了一个新纪元，
这圣人是我们中华历史上的赤道，
他的前面是一个半球。
他的后面又是一个半球，
他是中华文化的枢纽，
他转斡了四万万生灵的命运。

三、祈　祷

神通广大的救星啊！请你听！
请将神光辐射的炬火照着我们；
勇武聪睿的主将啊！请你听！
请将你的大纛掩覆我们颤栗的灵魂，
仓公扁鹊——起死回生的国手啊！
请用神灵的刀圭铲除了这遍体的疮痍；
仁爱的牧者啊！我们是亡告的羊群，
豺狼当道，请你保护我们的生命！

我们虽是不肖的儿女，背恩的奴隶——
我们自身鄙吝反而猜疑你的恩惠，
自身愚蠢因之妒嫉你的聪明，
但是神明宽厚的主将啊！
请你宽赦我们，请你饶恕我们，

让我们流出忏悔的血泪洗你心上的伤痕，
让这四万万颗赤心都焚起一瓣自新的心香，
让心香的馥郁薰灭了你的悲酸的记忆，
广大无边，海函地负的精神啊，
让我们忏悔！让我们忏悔！
我们祸孽深重，我们万死不容，
你本不当赐给我们非分的原宥。
我们是龌龊的虮蚤一群，
我们喋饮你的血汗来滋养自身的肌肉，
你的神炬作了我们夜劫的火把，
你的战旗是我们行凶时护身的符箓。
你的名字在我们脚下踩成笑柄。
我们都是你的罪人！

你是行天的赤日，光明的输送者，
我们是蜀山中的村犬，
我们在黯谷中生活，反而狂吠你的光明。
我们是饕餮的鸱鸮剥啄着腐鼠，
你是高洁的鹓雏从我们头上飞过，
我们的猜忌便迸作毒狠的诅骂。
我们是禀受不懂圣人的心如何构造，
便将你的心剜了出来查验他的孔窍，
我们戏谑你到了不堪的程度，
哦，让我们忏悔！让我们忏悔！

让洞庭的波涛涤祛我们的罪恶！

让九天的黑云掩着我们的羞耻！
让十八层地狱的火烧着我们的心脏！
让峨嵋，剑阁和青泥的四万八千哀猿
同听叫着，叫出我们的酸悲！……
哦，让我们忏悔！让我们忏悔！

哦，神秘伟大的灵魂啊！
你载着痛苦如同载着荣华一般——
荆棘之冠在你头上变成璀璨的玉冕；
悲哀之泪像倒流的弱水，
流到你心中潴成了仁爱的仙海；……
你是那样的神秘！那样的伟大！
你定让我们忏悔，让我们忏悔。

神秘伟大的神灵啊！
让我们赞美你！让我们膜拜你！
让我们从你身上支取力量，
因为你是四万万华胄的力量之结晶。
让我们从你身上看到中华昨日的伟大，
从你身上望着中华明日的光荣——
让我们的希望从你身上发生，
伟大的神！仁爱的神！勇武的神啊！
让我们赞美你！让我们礼拜你！
但是先让我们忏悔！先让我们忏悔！

唁　词——纪念三月十八日的惨剧

没有什么！父母们都不要号啕！
兄弟们，姊妹们也都用不着悲恸！
这青春的赤血再宝贵没有了，
盛着他固然是好，泼掉了更有用。

要血是要他红，要血是要他热；
那脏完了，冷透了的东西谁要他？
不要愤嫉，父母，兄弟和姊妹们！
等着看这红热的开成绚烂的花。

感谢你们，这么样丰厚的仪程！
这多年的宠爱，矜怜，辛苦和希望。
如今请将这一切的交给我们，
我们要永远悬他在日月的边旁。

这最末的哀痛请也不要吝惜。
（这一阵哀痛可礔碎了你们的心！）
但是这哀痛的波动却没有完，
他要在四万万颗心上永远翻腾。

哀恸要永远咬住四万万颗心，
那么这哀痛便是忏悔，便是惕警。
还要把馨香缭绕，俎豆来供奉！
哀痛是我们的启示，我们的光明。

欺负着了

你怕我哭？我才不难受了；
这一辈子我真哭得够了！
哪儿有的事？——三年哭两个，
谁家的眼泪有这么样多？
我一个寡妇，又穷又老了，
今日可给你们欺负着了！
你，你为什么又往家里跑？
再去，去送给他们杀一刀！
看他们的威风有多么大？
算我白养了你们哥儿仨！
我爽兴连这个也不要了，
就算我给你们欺负着了！
为着我教你们上了学校，
没有教你们去杀人绑票——

不过为了这点,这点错,
三个儿子整杀了我两个!
这仇有一天我总得报了,
我不能给你们欺负着了!
好容易养活你们这般大,
凭什么我养的该他们杀?
我倒要问问他们这个理,
问问他们杀了可赔得起?……
杀了我儿子,你们就好了?……
我可是给你们欺负着了!
老大为他们死给外国人,
老二帮他们和洋人拚命——
帮他们又给他们活杀死,
这到底到底是怎么回事?
三儿还帮不帮你们闹了?
我总算给你们欺负着了!
你也送去给他们杀一刀,
杀完了就再没有杀的了!
世界上有儿子的多得很,
我要看他们杀不杀得尽!
我真是给你们欺负恼了!
我可不给你们欺负着了!

答　辩

挂彩的荣华我当不起，
没有圆光往我头上箍，
旌旗铙鼓不是我的份，
我道上不许用黄土铺。
不许矜骄镀我成金身，
我拒绝"成功"见我一面；
双手掀住挣扎的纷忙，
我猜着黎明，也不要看。
锦袍的庄严交给别人，
流汗的快乐得让给我。
上帝许我纯钢的意志，
要我锤出些惨淡的歌。
可是旌旗铙鼓我不要，
我道上不用黄土来铺，

挂彩的荣华我当不起,
哪有圆光往我头上箍?

文学馆

文艺杂谈

闻一多精品选

《女神》之时代精神

若讲新诗，郭沫若君的诗才配称新呢，不独艺术上他的作品与旧诗词相去最远，最要紧的是他的精神完全是时代的精神——二十世纪底时代的精神。有人讲文艺作品是时代底产儿。《女神》真不愧为时代底一个肖子。

（一）二十世纪是个动的世纪。这种的精神映射于《女神》中最为明显。《笔立山头展望》最是一个好例——

　　大都会底脉搏呀！
　　生底鼓动呀！
　　打着在，吹着在，叫着在……
　　喷着在，飞着在，跳着在……
　　四面的天郊烟幕蒙笼了！
　　我的心脏呀，快要跳出口来了！
　　哦哦，山岳底波涛，瓦屋底波涛，

涌着在，涌着在，涌着在，涌着在呀！
万籁共鸣的 Symphorny
自然与人生的婚礼呀！
……

恐怕没有别的东西比火车底飞跑同轮船的鼓进（阅《新生》与《笔立山头展望》）再能叫出郭君心里那种压不平的活动之欲罢？再看这一段供招——

今天天气甚好，火车在青翠的田畴中急行，好象个勇猛沈毅的少年向着希望弥满的前途努力奋迈的一般。飞！飞！一切青翠的生命，灿烂的光波在我们眼前飞舞。飞！飞！飞！我的自己融化在这个磅礴雄浑的 rhythm 中去了！我同火车全体，大自然全体，完全合而为一了！我凭着车窗望着旋回飞舞着的自然，听着车轮鞺鞳的进行调，痛快！痛快！……
（《与宗白华书》《三叶集》一三八页）

这种动的本能是近代文明一切的事业之母，他是近代文明之细胞核。郭沫若底这种特质使他根本上异于我国往古之诗人。比之陶潜之——

结庐在人境，而无车马喧。

一则极端之动，一则极端之静，静到——

心远地自偏，

隐遯遂成一个赘疣的手续了,——于是白居易可以高唱着——

大隐隐朝市,

苏轼也可以笑那"北山猿鹤漫移文"了。

(二)二十世纪是个反抗的世纪。"自由"底伸张给了我们一个对待权威的利器,因此革命流血成了现代文明底一个特色了。《女神》中这种精神更了如指掌。只看《匪徒颂》里的一些。——

一切……革命底匪徒们呀!
万岁!万岁!万岁!

那是何等激越的精神,直要骇得金脸的尊者在宝座上发抖了哦。《胜利的死》真是血与泪的结晶:拜伦,康沫尔底灵火又在我们的诗人底胸中烧着了!

你暗淡无光的月轮哟!我希望我们这阴莽莽的地球,在这一刹那间,早早同你一样冰化,

啊!这又是何等的疾愤!何等的悲哀!何等的沉痛!——

汪洋的大海正在唱着他悲壮的哀歌,
穹窿无际的青天已经哭红了他的脸面,
远远的西方,太阳沉没了!——

悲壮的死哟！金光灿烂的死哟！凯旋同等的死哟！胜利的死哟！

兼爱无私的死神！我感谢你哟！你把我敬爱无暨的马克司威尼早早救了！

自由的战士，马克司威尼，你表示出我们人类意志底权威如此伟大！

我感谢你呀！赞美你呀！"自由"从此不死了！
夜幕闭了后的月轮哟！何等光明呀！……

（三）《女神》底诗人本是一位医学专家。《女神》里富有科学底成分也是无足怪的。况且真艺术与真科学本是携手进行的呢。然而这里又可以见出《女神》里的近代精神了。略微举几个例——

你去，去寻那与我的振动数相同的人；
你去，去寻那与我的燃烧点相等的人。
　　　　　　　　——《序诗》

否，否。不然！是地球在自转，公转，
　　　　　　　　——《金字塔》

我是 X 光线底光，
我是全宇宙底 energy 底总量！
　　　　　　　　——《天狗》

我想我的前身
原本是有用的栋梁,
我活埋在地底多年,
到今朝才得重见天光。
　　——《炉中煤》

你暗淡无光的月轮哟!……早早同你一样冰化!
　　——《胜利的死》

至于这些句子象——
我要把我的声带唱破!
——《梅花树下醉歌》

我的一枝枝的神经纤维在身中战栗。
　　——《夜步十里松原》

　　还有散见于集中的许多人体上的名词如脑筋、脊髓,血液,呼吸,……更完完全全的是一个西洋的 doctor 底口吻了。上举各例还不过诗中所运用之科学知识,见于形式上的。至于那讴歌机械底地方更当发源于一种内在的科学精神。在我们的诗人底眼里,轮船的烟筒开着了黑色的牡丹是"近代文明底严母",太阳是亚波罗坐的摩托车前的明灯;诗人底心同太阳是"一座公司底电灯";云日更迭的掩映是同探海灯转着一样;火车的飞跑同于"勇猛沉毅的少年"之努力,在他眼里机械已不是一些无声的物具,是有意识有生机如同人神一样,机械底丑恶性已被忽略了;在幻想同感情魔术之下他已穿上美丽的衣裳了呢。

这种伎俩恐怕非一个以科学家兼诗人者不办。因为先要解透了科学，亲近了科学，跟他有了同情，然后才能驯服他于艺术底指挥之下。

（四）科学底发达使交通底器械将全世界人类底相互关系捆得更紧了。因有史以来世界之大同的色彩没有象今日这样鲜明的，郭沫若底《晨安》便是这种 Cosmopolitanism 底证据了。《匪徒颂》也有同样的原质，但不是那样明显。即如《女神》全集中所用的方言也就有四种了。他所称引的民族，有黄人，有白人，还有"有火一样的心肠"的黑奴。他所运用的地名散满于亚美欧非四大洲。原来这种在西洋文学里不算什么。但同我们的新文学比起来，才见得是个稀少的原质，同我们的旧文学比起来更不用讲是破天荒了。啊！诗人不肯限于国界，却要做世界底一员了；他遂喊道——

　　晨安！梳人灵魂的晨风呀！
　　晨风呀！你请把我的声音传到四方去罢！
　　　　　　　　——《晨安》

（五）物质文明底结果便是绝望与消极。然而人类底灵魂究竟没有死，在这绝望与消极之中又时时忘不了一种挣扎抖擞底动作。二十世纪是个悲哀与兴奋底世纪。二十世纪是黑暗的世界，但这黑暗是先导黎明的黑暗。二十世纪是死的世界，但这死是预言更生的死。这样便是二十世纪，尤其是二十世纪底中国。

　　流不尽的眼泪，
　　洗不净的污浊，

浇不熄的情炎，

荡不去的羞辱。

——《凤凰涅槃》

不是这位诗人独有的，乃是有生之伦，尤其是青年们所共有的。但别处的青年虽然一样地富有眼泪、污浊，情炎，羞辱，恐怕他们自己觉得并不十分真切。只有现在的中国青年——"五四"后之中国青年，他们的烦恼悲哀真象火一样烧着，潮一样涌着，他们觉得这"冷酷如铁"，"黑暗如漆"，"腥秽如血"的宇宙真一秒钟也羁留不得了。他们厌这世界，也厌他们自己。于是急躁者归于自杀，忍耐者力图革新。革新者又觉得意志总敌不住冲动，则抖擞起来，又跌倒下去了。但是他们太溺爱生活了，爱他的甜处，也爱他的辣处。他们决不肯脱逃，也不肯降服。他们的心里只塞满了叫不出的苦，喊不尽的哀。他们的心快塞破了，忽地一个人用海涛底音调，雷霆底声响替他们全盘唱出来了。这个人便是郭沫若，他所唱的就是《女神》。难怪个个中国青年读《女神》没有椎膺顿足同《湘累》里的屈原同声叫道——

哦，好悲切的歌词！唱得我也流起泪来了。

流罢！流罢！我生命底泉水呀！你一流出来，

好象把我全身底烈火都浇息了的一样。……你这不可思议的内在的灵泉，你又把我苏活转来了！

啊！现代的青年是血与泪的青年，忏悔与兴奋的青年。《女神》是血与泪的诗，忏悔与兴奋的诗。田汉君在给《女神》之作者的信讲得对："与其说你有诗才，无宁说你有诗魂，因为你的诗首首都是你的血，你的泪,你的自叙传,你的忏悔录啊!"但是丹穴山上的香木不只焚毁了诗人底旧形体,并连现时一切的青年底形骸都毁掉了。凤凰底涅槃是一切青年底涅槃。凤凰不是唱道?——

  我们更生了。
  我们更生了。
  一切的一,更生了。
  一的一切,更生了。
  我们便是"他",他们便是我。
  我中也有你,你中也有我。
  我便是你。
  你便是我。

  奇怪得很,北〔新〕社编的《新诗年选》偏取了《死的引诱》作《女神》的代表之一。他们非但不懂读诗,并且不会观人。《女神》底作者岂是那样软弱的消极者吗?

  你去!去在我可爱的青年的兄弟姊妹胸中;
  把他们的心弦拨动,
  把他们的智光点燃罢!
      ——《序诗》

  假若《女神》里尽是《死的引诱》一类的东西,恐怕兄弟姊妹底心弦都被他割断,智光都被他扑灭了呢!

  原来蹈恶犯罪是人之常情。人不怕有罪恶,只怕有罪恶而甘于罪恶,那便终古沉沦于死亡之渊里了。人类的价值在能忏悔,能革新。世界底文化也不过由这一点发生的。忏悔是美德中最美的,他是一切的光明底源头。他是尺蠖的灵魂渴求展伸的表象。

> 唉,泥上的脚印!
> 你好象是我灵魂儿的象征!
> 你自陷了泥涂,
> 你自会受人踩蹋。
> 唉,我的灵魂!
> 你快登上山顶!
> ——《登临》

所以在这里我们的诗人不独喊出了人人心中底热情来,而且喊出人人心中最神圣的一种热情呢!

文艺与爱国——纪念三月十八

铁狮子胡同大流血之后《诗刊》就诞生了，本是碰巧的事，但是谁能说《诗刊》与流血——文艺与爱国运动之间没有密切的关系？

"爱国精神在文学里，"我让德林克瓦特讲，"可以说是与四季之无穷感兴，与美的逝灭，与死的逼近，与对妇人的爱，是一种同等重要的题目。"爱国精神之表现于中外文学里已经是层出不穷，数不胜数了。爱国运动能够和文学复兴互为因果，我只举最近的一个榜样——爱尔兰，便是明确的证据。

我们的爱国运动和新文学运动何尝不是同时发轫的？他们原来是一种精神的两种表现。在表现上两种运动一向是分道扬镳的。我们也可以说正因为他们没有携手，所以爱国运动的收效既不大，新文学运动的成绩也就有限了。爱尔兰的前例如和我们自己的事实已经告诉我们了：这两种运动合起来便能够互收效益，分开来定要两败俱伤。所以《诗刊》的诞生刚刚在铁狮子胡同大流血之后，本是碰巧的；我却希望大家要当他不是碰巧。我希望爱自由，爱正义，爱理想的热血要流在天安门，流在铁狮子胡同，但是也要流在笔尖，流在纸上。

同是一个热烈的情怀，犀利的感觉，见了一片红叶掉下地来，便要百感交集，"泪浪滔滔"，见了十三龄童的赤血在地下踩成泥浆子，反而漠然无动于衷。这是不是不近人情？我并不要诗人替人道主义同一切的什么主义捧场。因为讲到主义便是成见了。理性铸成的成见是艺术的致死伤；诗人应该能超脱这一点。诗人应该是一张留声机的片子，钢针一碰着他就响。他自己不能决定什么时候响，什么时候不响。他完全是被动的。他是不能自主，不能自救的。诗人做到了这个地步，便包罗万有，与宇宙契合了。换句话说，就是所谓伟大的同情心——艺术的真源。

并且同情心发达到极点，刺激来得强，反动也来得强，也许有时仅仅一点文字上的表现还不够，那便非现身说法不可了。所以陆游一个七十衰翁要"泪洒龙床请北征"，拜伦要战死在疆场上了。所以拜伦最完美，最伟大的一首诗，也便是这一死。所以我们觉得诸志士们三月十八日的死难不仅是爱国，而且是伟大的诗。我们若得着死难者的热情的一部分，便可以在文艺上大成功；若得着死难者的热情的全部，便可以追他们的踪迹，杀身成仁了。

因此我们就将《诗刊》开幕的一日最虔诚的献给这次死难的志士们了！

《烙印记》序

克家催我给他的诗集作序，整催了一年。他是有理由的。便拿《生活》一诗讲，据许多朋友说，并不算克家的好诗，但我却始终极重视它，而克家自己也是这样的。我们这意见的符合，可以证实，由克家自己看来，我是最能懂他的诗了。我现在不妨明说，《生活》确乎不是这集中最精彩的作品，但却有令人不敢亵视的价值，而这价值也便是这部诗集的价值。

克家在《生活》里说：

这可不是混着好玩，这是生活。

这不啻给他的全集下了一道按语，因为克家的诗正是这样——不是"混着好玩"，而是"生活"。其实要你带着笑脸，存点好玩的意思来写诗，不愁没有人给你叫好。所以作一首寻常所谓好诗，不是最难的事。但是，做一首有意义的，在生活上有意义的诗，却大不同。克家的诗，没有一首不具有一种极顶真的生活的意义。没有克家的经验,便不知道生活的严重。

> 一万支暗箭埋伏在你周边,
> 伺候你一千回小心里一回的不检点,
> 这真不是好玩的。然而他偏要嚼着苦汁营生,
> 像一条吃巴豆的虫。
> 他咬紧牙关的磨难苦斗,他还说:
> 同时你又怕克服了它,
> 来一阵失却对手的空虚。

这样生活的态度不够宝贵的吗?如果为保留这一点,而忽略了一首诗的外形的完美,谁又能说是不合算?克家的较坏的诗既具有这种不可亵视的实质,他的好诗,不用讲,更不是寻常的好诗所能比拟的了。

所谓有意义的诗,当前不是没有。但是,没有克家自身的"嚼着苦汁营生"的经验,和他对这种经验的了解,单是嚷嚷着替别人的痛苦不平,或怂恿别人自己去不平,那至少往往像是一种"热气",一种浪漫的姿势,一种英雄气概的表演,若往坏处推测,便不免有伤厚道了。所以,克家的最有意义的诗,虽是《难民》,《老哥哥》,《炭鬼》,《神女》,《贩鱼郎》,《老马》,《当炉女》,《洋车夫》,《歇午工》,以至《不久有那么一天》和《天火》等篇,但是若没有《烙印》和《生活》一类的作品作基础,前面那些诗的意义便单薄了,甚至虚伪了。人们对于一件事,往往有追问它的动机的习惯(他们也实在有这权利),对于诗,也是这样。当我们对于一首诗的动机(意识或潜意识的)发生疑问的时候,我很担心那首诗还有多少存在的可能性。读克家的诗,这种疑问永不会发生,为的是《烙印》和《生活》一类的诗给我们担保了。

我再从历史中举一个例。如作"新乐府"的白居易，虽嚷嚷得很响，但究竟还是那位香山居士的闲情逸致的冗力（Surplusenergy）的一种舒泄，所以他的嚷嚷实际等于猫儿哭耗子。孟郊并没有作过成套的"新乐府"，他如果哭，还是为他自身的穷愁而哭的次数多，然而他的态度，沉着而有锋棱，却最合于一个伟大的理想的条件。除了时代背景所产生的必然的差别不算，我拿孟郊来比克家，再适当不过了。

谈到孟郊，我于是想起所谓好诗的问题。（这一层是我要对另一种人讲的！）孟郊的诗，自从苏轼以来，是不曾被人真诚的认为上品好诗的。站在苏轼的立场上看孟郊，当然不顺眼。所以苏轼诋毁孟郊的诗。我并不怪他。

难怪他为什么不索性野蛮一点，硬派孟郊所作的不是诗，他自己的才是。因为这样，问题倒简单了。既然他们是站在对立而且不两立的地位，那么，苏轼可以拿他的标准抹煞孟郊，我们何尝不可以拿孟郊的标准否认苏轼呢？即令苏轼和苏轼的传统有优先权占用"诗"字，好了，让苏轼去他的，带着他的诗去！我们不要诗了。我们只要生活，生活磨出来的力，像孟郊所给我们的，是"空螯"也好，是"蚕吻涩齿"或"如嚼木瓜，齿缺舌敝，不知味之所在"也好，我们还是要吃，因为那才可以磨炼我们的力。

哪怕是毒药，我们更该吃，要它能增加我们的抵抗力，至于苏轼的丰姿，苏轼的天才，如果有人不明白那都是笑话，是罪孽，早晚他自然明白了。早晚诗也会

扣一下脸，来一个奇怪的变！

一千余年前孟郊已经给诗人们留下了预言。

克家如果跟着孟郊的指示走去，准没有错。纵然像孟郊似的，没有

成群的人给叫好,那又有什么关系?反正诗人不靠市价做诗。克家千万不要忘记自己的责任。

一九三三年七月,闻一多谨识。

文学的历史动向

　　人类在进化的途程中蹒跚了多少万年，忽然这对近世文明影响最大最深的四个古老民族——中国、印度、以色列、希腊——都在差不多同时猛抬头，迈开了大步。约当纪元前一千年左右，在这四个国度里，人们都歌唱起来，并将他们的歌记录在文字里，给流传到后代，在中国，"三百篇"里最古部分——《周颂》和《大雅》，印度的《黎俱吠陀》（Rigveda），《旧约》里最早的"希伯来诗篇"，希腊的《伊利亚特》（Iliad）和《奥德赛》（Odyssey）都约略同时产生。再过几百年，在四处思想都醒觉了。跟着是比较可靠的历史记载的出现。从此，四个文化，在悠久的年代里，起先是沿着各自的路线，分途发展，不相闻问，然后，慢慢的随着文化势力的扩张，一个个的胳臂碰上了胳臂，于是吃惊，点头，招手，交谈，日子久了，也就交换了观念思想与习惯。最后，四个文化慢慢的都起着变化，互相吸收，融合，以至总有那么一天，四个的个别性渐渐消失，于是文化只有一个世界的文化。这是人类历史发展的必然路线，谁都不能改变，也不必改变。

上文说过，四个文化猛进的开端都表现在文学上，四个国度里同时迸出歌声。但那歌的性质并非一致的。印度希腊，是在歌中讲着故事，他们那歌是比较近乎小说戏剧性质的，而且篇幅都很长，而中国以色列则都唱着以人生与宗教为主题的较短的抒情诗。中国与以色列许是偶同，印度与希腊都是雅利安种人，说着同一系统的语言，他们唱着性质比较类似的歌，倒也不足怪。中国，和其余那三个民族一样，在他开宗第一声歌里，便预告了他以后数千年间文学发展的路线。"三百篇"的时代，确乎是一个伟大的时代，我们的文化大体上是从这一刚开端的时代就定型了。文化定型了，文学也定型了，从此以后二千年间，诗——抒情诗，始终是我国文学的正统的类型，甚至除散文外，它是唯一的类型。赋，词，曲，是诗的支流，一部分散文，如赠序、碑志等，是诗的副产品，而小说和戏剧又往往以各自不同的方式夹杂些诗。诗，不但支配了整个文学领域，还影响了造型艺术，它同化了绘画，又装饰了建筑（如楹联，春帖等）和许多工艺美术品。

诗似乎也没有在第二个国度里，像它在这里发挥过的那样大的社会功能。在我们这里，一出世，它就是宗教，是政治，是教育，是社交，它是全面的生活，维系封建精神的是礼乐，阐发礼乐意义的是诗，所以诗支持了那整个封建时代的文化。此后，在不变的主流中，文化随着时代的进行，在细节上曾多少发生过一些不同的花样。诗，它一面对主流尽着传统的呵护的职责，一方面仍给那些新花样忠心的服务。最显著的例是唐朝。那是一个诗最发达的时期，也是诗与生活拉拢得最紧的一个时期。

从西周到春秋中叶，从建安到盛唐，这中国文学史上两个最光荣的时期，都是诗的时期。两个时期各各拖着一条姿势稍异，但同样灿烂的尾巴，前者的是"楚辞""汉赋"，后者的是五代宋词。而这辞赋与词还是诗的支流。然则从西周到宋，我们这大半部文学史，实质上只是一部诗史。但是诗的发展到北宋实际也就完了。南宋的词已经是强弩之末。就诗本身说，连尤杨范陆和稍后的元遗山似乎都是多余的，重复的，以后的更不必提了。我们只觉得明清两代关于诗的那许多运动和争论，都是无味的挣扎。每一度挣扎的失败，无非重新证实一遍那挣扎的徒劳无益而已。本来从西周唱到北宋，足足二千年的功夫也够长的了，可能的调子都已唱完了。到此，中国文学史可能不必再写，假如不是两种外来的文艺形式——小说与戏剧，早在旁边静候着，准备届时上前来"接力"。是的，中国文学史的路线南宋起便转向了，从此以后是小说戏剧的时代。

　　故事与雏形的歌舞剧，以前在中国本土不是没有，但从未发展成为文学的部门。对于讲故事，听故事，我们似乎一向就不大热心。不是教诲的寓言，就是纪实的历史，我们从未养成单纯的为故事而讲故事，听故事的兴趣。我们至少可说，是那充满故事兴味的佛典之翻译与宣讲，唤醒了本土的故事兴趣的萌芽，使它与那较进步的外来形式相结合，而产生了我们的小说与戏剧。故事本是民间的产物，不用讳言，它的本质是低级的。（便在小说戏剧里，过多的故事成分不也当悬为戒条吗？）正如从故事发展出来的小说戏剧，其本质是平民的，诗的本质是贵族的。要晓得它们之间距离很大，而距离是会孕育恨的。所以我们的文学传统既是诗，就不但是非小说戏剧的，而且推到极端，可能还是反小说戏剧的。若非宗教势力带进来那点新鲜刺激，而且自己的歌实在也唱到无可再唱的了，我们可能还继续产生些《韩非·说储》，或《燕子丹》一类的故事，和《九歌》一类的雏形歌舞剧，但是，元剧和章回小说决不会有。然而本土形式的花开到极盛，必归于衰谢，那是一切生命的规律，而两个文化波轮由扩大而接触到交织，以致新的异国形式必然要闯进来，也是早经历史命运注定了的。异国形式也许早就来到了，早到起码是汉朝佛教初输入的时候，你可以在几百年中不注意它，等到注意了之后，还可以延宕，踌躇个又一度几百年，直到最后，万不得已的，这才死心塌地，接受了吧！但那只是迟早问题。反正自己的花无法再开，那命数你得承认。新的种子从外面来到，给你一个再生的机会，那是你的福分。你有勇气接受它，是你的聪明，肯细心培值它，是有出息，结果居然开出很不寒伧的花朵来，更足以使你自豪！

第一度外来影响刚刚扎根，现在又来了第二度的。第一度佛教带来的印度影响是小说戏剧，第二度基督教带来的欧洲影响又是小说戏剧（小说戏剧是欧洲文学的主干，至少是特色），你说这是碰巧吗？

不然。欧洲文化正如它的鼻祖希腊文化一样，和印度文化，往大处看，还不是一家？这样说来，在这两度异乡文化东渐的陈容中，印度不过是欧洲的头，欧洲是印度的尾而已。就文化接触的全盘局势来看，头已进来，尾的迟早必需来到，应该也是早已料到的事。第一度外来影响，已经由扎根而开花了，但还不算开到最茂盛的地步，而本土的旧形式，自从枯萎后，还不见再荣的迹象，也实在没有再荣的理由。现在第二度外来影响，又与第一度同一种类，毫无问题，未来的中国文学还要继续那些伟大的元明清人的方向，在小说戏剧的园地上发展。待写的一页文学史，必然又是一段小说戏剧史，而且较向前的一段，更为热闹，更为充实。

但在这新时代的文学动向中，最值得揣摩的，是新诗的前途。你说，旧诗的生命诚然早已结束，但新诗——这几乎是完全重新再做起的新诗，也没有生命吗？对了，除非它真能放弃传统意识，完全洗心革面，重新做起。但那差不多等于说，要把诗做得不像诗了。也对，说得更确点，不像诗，而像小说戏剧，至少让它多像点小说戏剧，少像点诗。太多"诗"的诗，和所谓"纯诗"者，将来恐怕只能以一种类似解嘲与抱歉的姿态，为极少数人存在着。在一个小说戏剧的时代，诗得尽量采取小说戏剧的态度，利用小说戏剧的技巧，才能获得广大的读众。这样做法并不是不可能的。在历史上多少人已经做过，只是不大彻底罢了。新诗所用的语言更是向小说戏剧跨近了一大步，这是新诗之所以为"新"的第一个也是最主要的理由。其它在态度上，在技巧上的种种进一步的试验，也正在进行着。请放心，历史上常常有人把诗写得不像诗，如阮籍，陈子昂，孟郊，如华茨渥斯（Wordsworth），惠特曼（Whitman），而转瞬间便是最真实的诗了。诗这东西的长处就在它有无限度的弹性，变得出无穷的花样，装得进无限的内容。只有固执与狭隘才是诗的致命伤，纵没有时代的威胁，它也难立足。

每一时代有一时代的主潮，小的波澜总得跟着主潮的方向推进，跟不上的只好留在港汊里干死完事。战国秦汉时代的主潮是散文。一部分诗服从了时代的意志，散文化了，便成就了"楚辞"和初期的汉赋，成就了"铙歌"，这些都是那时代的光荣。另一部分诗，如《郊祀歌》《安世房中歌》，韦孟"讽谏诗"之类，跟不上潮流，便成了港汊中的泥淖。

明代的主潮是小说，《先妣事略》，《寒花葬志》和《项脊轩志》的作者归有光，采取了小说的以寻常人物的日常生活为描写对象的态度，和刻画景物的技巧，总算是粘上了点时代潮流的边儿（他自己以为是读《史记》读来了的，那是自欺欺人的话。），所以是散文家中欧公以来唯一顶天立地的人物。其他同时代的散文家，依照各人小说化的程度的比例，也多多少少有些成就，至于那般诗人们只忙于复古，没有理会时代，无疑那将被未来的时代忘掉。以上两个历史的教训，是值得我们的新诗人书绅的。

四个文化同时出发，三个文化都转了手，有的转给近亲，有的转给外人，主人自己却都没落了，那许是因为他们都只勇于"予"而怯于"受"。中国是勇于"予"而不太怯于"受"的，所以还是自己的文化的主人，然而也只仅免于没落的劫运而已。为文化的主人自己打算，"取"不比"予"还重要吗？所以仅仅不怯于"受"是不够的，要真正勇于"受"。让我们的文学更彻底的向小说戏剧发展，等于说要我们死心塌地走人家的路。这是一个"受"的勇气的测验，也是我们能否继续自己文化的主人的测验。

过去记录里有未来的风色。历史已给我们指示了方向——"受"的方向，如今要的只是勇气，更多的勇气啊！

一九四三年十二月

论文艺的民主问题

（下面的意见，是根据闻先生座谈会后的补述记录下来的，记录的文字，曾送给闻先生过目。）

前天有两个外国朋友先后来看我，谈到中国民主问题。一位是美国朋友，他站在美国人的立场，希望中国有第三个力量起来，担负建立新中国的责任，我说第三个力量是有的，目前还在生长发展中。另一个是澳洲朋友，站在澳洲人的地位，比较倾向于英国方面，一方面骂美国人，一方面却更多地同情中国。他问中国究竟需要怎样的民主，他的意见，应该是社会主义的民主，他说英国目前正一天天地接近苏联，打算向着那个方向走去。他曾和邱吉尔谈话，邱氏也承认了这一点。邱氏的矛盾是印度问题；不过一般的英国人，认为邱氏适合于做战时的领袖，战后建设大概不大合适，他们希望以后对印度问题能有更开明的办法。这位澳洲记者问起我：中国的民主运动是否太温和了？战斗性是否还不够强烈？我说我是站在青年人一边的，和老辈人的看法不同；我个人看来，目前的民主运动的确战斗性不够，也许有些老辈人认为操之过切，反而不好。

这位澳洲记者也写小说的，和我一样，过去也曾学过画，因此他很关心中国文艺界的情形。他听说最近世界上最好的短篇小说是中国的；我问他从那里听来的，我说我们倒有些受宠苦惊了。

外过朋友的确很想了解中国。譬如今天来看我的另一位美国朋友对我说，我来到中国，为的要看看活着的中国人民，他说现在在美国替中国说话的有三个人，一个是落了伍的胡适之，一个是国际文艺投机家林语堂，一个是感伤的女人赛珍珠。他们的文章，都不能表现中国的真实。他说他每回读到林语堂的文章，描写中国农民在田里耕作时如何地愉快，以及中国的刺绣，磁器如何地高贵……他就很生气地把这位博士的著作撕毁了掷在墙角里去。我听到这里，感激地向他伸出手来，我说：你是我所遇到的少有的美国人！

座谈会上的报告和各位先生的发言，我大体上是同意的。谈到文艺家和民主运动的问题，有人说一个文艺家应该同时是一个中国人，这是对的；就现在的情形看来，恐怕做一个中国人比做一个文艺家更重要。因为现在是抢救的工作，不能太慢了。我甚至还怀疑，就是现在的作家，在写作以外，实际生活的政治程度是不是够高，恐怕还是问题。政治工作较文艺写作更难，正象在前线冲锋肉搏较之在后方的工厂中做苦工更难一样。更进一步地说，如无冲锋经验而描写前面冲锋故事，因体验的不真切，写出的也一定没有力量。——这是一个生活与写作的老问题。

没有民主运动的实践，一定创造不出民主主义的作品。假使在英美的社会，作家自己如果不做民主的战士，由于社会周围充满了民主的空气，作家也许可以用观察来弥补。在中国缺少这种空气，自己不做便体验不着，观察不到。写作的问题便是一个做人的问题，人的火候到了，写出的东西自然是对的。——这样的说法,同时也解答了第二个问题——文艺作品如何反映民主主义内容的问题。

诚如大家所指出的,目前还有许多有知识有成就的文艺家,本身还站在民主运动之外,他们的生活与写作甚至有了反民主的倾向。对于这些人,大家主张,除了加强劝导之外,还要加强理论上的批评。这点我是赞同的。我还主张,应该无情地打击。目前在进步的朋友中间,委曲求全的思想还是很盛行。我以为社会上没有那么容易的事,在大变革的时期,一定需要大牺牲,不能顾忌太多。政治上的委曲求全,我是了解的。但我还是要坚持,在文艺工作上,委屈还是应该有限度。我想,我们理想的本身,就是一首诗;今天应该坚持这种精神,不要要求成功太切。中国人自来是善于委曲求全的,用不着我们再来宣传这种思想。

关于如何创造民主主义新文艺的问题,我想先提出形式问题来谈谈。前些时何其芳先生有信来,说起张恨水的小说在重庆很盛行,他认为这个形式（章回小说的形式）很可利用,并问到我的意见。我所想到的,是最接近我们的这个圈子,智识分子的圈子。——对大众自然应该给予教育,好在他们是一张白纸,没有成见,新形式也许一样可以接受。至于智识分子和学生,问题最多,挑剔相当厉害。所以艺术技巧方面,是要极力提高。旧形式恐怕打不到他们的面前,恐怕还是要用西洋最高的东西,才能打动他们。我看那些容易和民众接近的地方,问题倒比较简单,比较顺利;我们住在大后方,不可忽略了后方的另一面。这里才是苦海,周围的人难对付,艰巨的工作在这里。

旧形式是一种旧习惯,如果认为非利用旧形式不可,便无异承认习惯是不可改变的。我的性格喜欢走极端,我对一切旧的东西都反对,希望最好一点也不要留。我所以赞同田间的诗,原因也在这里,因为他把旧腔调摆脱得最干净。这种极端的感情,也许是近二十年来钻进旧圈子

以后的彻底的反感,说不定过分了一点,但暂时我还愿意坚持我的意见。(L记)

(原载《文汇报》,1947年3月24日。)

诗的格律

一

假定"游戏本能说"能够充分的解释艺术的起源,我们尽可以拿下棋来比作诗;棋不能废除规矩,诗也就不能废除格律。(格律在这里是 form 的意思)"格律"两个字最近含着了一点坏的意思;但是直译 form 为形体或格式也不妥当。并且我们若是想起 form 和节奏是一种东西,便觉得 form 译作格律是没有什么不妥的了。假如你拿起棋子来乱摆布一气,完全不依据下棋的规矩进行,看你能不能得到什么趣味?游戏的趣味是要在一种规定的规格之内出奇致胜。做诗的趣味也是一样的。假如诗可以不要格律,做诗岂不比下棋,打球,打麻将还容易些吗?难怪这年头儿的新诗"比雨后的春笋还多些"。我知道这些话准有人不愿意听。但是 Bliss Perry 教授的话来得更古板。他说"差不多没有诗人承认他们真正给格律缚束住了。他们乐意戴着脚镣跳舞,并且要戴别个诗人的脚镣。"

这一段话传出，我又断定许多人会跳起来，喊着"就算它是诗，我不做了行不行？"老实说，我个人的意思以为这种人就不作诗也可以，反正他不打算来戴脚镣，他的诗也就做不到怎样高明的地方去。杜工部有一句经验语很值得我们揣摩的，"老去渐于诗律细"。

诗国里的革命家喊道"皈返自然"！其实他们要知道自然界的格律，虽然有些像蛛丝马迹，但是依然可以找得出来。不过自然界的格律不圆满的时候多，所以必须艺术来补充它。这样讲来，绝对的写实主义便是艺术的破产。"自然的终点便是艺术的起点"，王尔德说得很对。自然并不尽是美的。自然中有美的时候，是自然类似艺术的时候。最好拿造型艺术来证明这一点。我们常常称赞美的山水，讲它可以入画。的确中国人认为美的山水，是以像不像中国的山水画做标准的。欧洲文艺复兴以前所认为女性的美，从当时的绘画里可以证明，同现代女性美的观念完全不合；但是现挲观念不同希腊的雕像所表现的女性美相符了。这是因为希腊雕像的出土，促成了文艺复兴，文艺复兴以来，艺术描写美人，都拿希腊的雕像做蓝本，因此便改造了欧洲人的女性美的观念。我在赵瓯北的一首诗里发现了同类的见解。

　　绝似盆池聚碧屛，嵌空石笋满江湾。
　　化工也爱翻新样，反把真山学假山。

这径直是讲自然在模仿艺术了。自然界当然不是绝对没有美的。自然界里面也可以发现美来。不过那是偶然的事。偶然在言语里发现一点类似诗的节奏，便说言语就是诗，便要打破诗的音节，要它变得和言语一样——这真是诗的自杀政策了。（注意我并不反对用土白作诗，我并且相信土白是我们新诗的领域里，一块非常肥沃的土壤，理由等将来再仔细的讨论。我们现在要注意的只是土白可以"做"诗；这"做"字便说明了土白须要一番锻炼选择的工作然后才能成诗。）诗之所以能激发情感，完全在它的节奏；节奏便是格律。莎士比亚的诗剧里往往遇见情绪紧张到万分的时候，便用韵语来描写。歌德作《浮士德》也曾用同类的手段，在他致席勒的信里并且提到了这一层，韩昌黎"得窄韵则不复傍出，而因难见巧，愈险愈奇……"这样看来，恐怕越有魄力的作家，越是要戴着脚镣跳舞才跳得痛快，跳得好。只有不会跳舞的才怪脚镣碍事，只有不会做诗的才感觉得格律的缚束。对于不会作诗的，格律是表现的障碍物；对于一个作家，格律便成了表现的利器。

又有一种打着浪漫主义的旗帜来向格律下攻击令的人。对于这种人，我只要告诉他们一件事实。如果他们要像现在这样的讲什么浪漫主义，就等于承认他们没有创造文艺的诚意。因为，照他们的成绩看来，他们压根儿就没有注重到文艺的本身，他们的目的只在披露他们自己的原形。

顾影自怜的青年们一个个都以为自身的人格是再美没有的，只要把这个赤裸裸的和盘托出，便是艺术的大成功了。你没有听见他们天天唱道："自我的表现"吗？他们确乎只认识了文艺的原料，没有认识那将原料变成文艺所必须的工具。他们用了文字作表现的工具，不过是偶然的事，他们最称心的工作是把所谓"自我"披露出来，是让世界知道"我"也是一个多才多艺，善病工愁的少年；并且在文艺的镜子里照见自己那倜傥的风姿，还带着几滴多情的眼泪，啊！啊！那是多么有趣的事！多么浪漫！不错，他们所谓浪漫主义，正浪漫在这点上，和文艺的派别绝不会发生关系。这种人的目的既不在文艺，当然要他们遵从诗的格律来做诗，是绝对办不到的。因为有了格律的范围，他们的诗就根本写不出来了，那岂不失了他们那"风流自赏"的本旨吗？所以严格一点讲起来，这一种伪浪漫派的作品，当它作把戏看可以，当它作西洋镜看也可以，但是万不能当它作诗看。格律不格律，因此就谈不上了。让他们来反对格律，也就没有辩驳的价值了。

　　上面已经讲了格律就是 form。试问取消了 form，还有没有艺术？上面又讲到格律就是节奏。讲到这一层更可以明格律的重要，因为世上只有节奏比较简单的散文，决不能有没有节奏的诗。本来诗一句就没有脱离过格律或节奏。这是没有人怀疑过的天经地义。如今却什么天经地义也得有证明才能成立，是不是？但是为什么闹到这种地步呢——人都相信诗可以废除格律？也许是"安拉基"精神，也许是好时髦的心理，也许是偷懒的心理，也许是藏拙的心理，也许是……那我可不知道了。

二

　　前面已经稍稍讲了讲诗为什么不当废除格律。现在可以将格律的原质分析一下了。从表面上看来，格律可从两方面讲：（一）属于视觉方面的，（二）属于听觉方面的。这两类其实又当分开来讲，因为他们是息息相关的。譬如属于视觉方面的格律有节的匀称，有句的均齐。属于听觉方面的有格式，有音尺，有平仄，有韵脚；但是没有格式，也就没有节的匀称，没有音尺，也就没有句的均齐。

　　关于格式，音尺，平仄，音乐脚等问题，本刊上已经有饶孟侃先生《论新诗的音节》的两篇文章讨论得很精细了。不过他所讨论的是从听觉方面着眼的。至于视觉方面的两个问题，他却没有提到。当然在视觉方面的问题比较占次要的位置。但是在我们中国的文学里，尤其不当忽略视觉一层，因为我们的文字是象形的，我们中国人鉴赏文艺的时候，至少有一半的印象是要靠眼睛来传达的。原来文学本是占时间又占空间的一种艺术。既然占了空间，却又不能在视觉上引起一种具体的印象——这是欧洲文字的一个缺憾。我们的文字有了引起这种印象的可能，如果我们不去利用它，真是可惜了。所以新诗采用了西文诗分行写的办法，的确是很有关系的一件事。姑无论开端的人是有意的还是无心的，我们都应该感谢他。因为这一来，我们才觉悟了诗的实力不独包括音乐的美（音节），绘画的美（词藻），并且还有建筑的美（节的匀称和句的均齐）。这一来，诗的实力上又添了一支生力军，诗的声势更加扩大了。所以如果有人要问新诗的特点是什么，我们应该回答他：增加了一种建筑美的可能性是新诗的特点之一。

近来似乎有不少的人对于节的匀称和句的均齐表示怀疑，以为这是复古的象征。做古人的真倒霉，尤其做中华民国的古人！你想这事怪不怪？做孔子的如今不但"圣人""夫子的"徽号闹掉了，连他自己的名号也都给褫夺了，如今只有人叫他作"老二"；但是耶稣依然是耶稣基督，苏格拉提依然是苏格拉提。你做诗摹仿十四行体是可以的，但是你得十二分的小心，不要把它做得象律诗了。我真不知道律诗为什么这样可恶，这样卑贱！何况用语体文写诗写到同律诗一样，是不是可能的？并且现在把节做到匀称了，句做到均齐了，这就算是律诗吗？

诚然，律诗也具有建筑美的一种格式；但是同新诗里的建筑美的可能性比起来，可差得多了。律诗永远只有一个格律，但是新诗的格式是层出不穷的。这是律诗与新诗不同的第一点。做律诗无论你的题材是什么？意境是什么？你非得把它挤进这一种规定的格式里去不可，仿佛不拘是男人，女人，大人，小孩，非得穿一种样式的衣服不可。但是新诗的格式是相体裁衣。例如《采莲曲》的格式决不能用来写《昭君出塞》，《铁道行》的格式决不能用来写《最后的坚决》，《三月十八日》的格式决不能用来写《寻找》。在这几首诗里面，谁能指出一首内容与格式，或精神与形体不调和的诗来，我倒愿意听听他的理由。试问这种精神与形体调和的美，在那印板式的律诗里找得出来吗？在那乱杂无章，参差不齐，信手拈来的自由诗里找得出来吗？

律诗的格律与内容不发生关系，新诗的格式是根据内容的精神制造成的，这是它们不同的第二点。律诗的格式是别人替我们定的，新诗的格式可以由我们自己的意匠来随时构造。这是它们不同的第三点。有了这三个不同之点。我们应该知道新诗的这种格式是复古还是创新，是进化还是退化。

现在有一种格式：四行成一节，每句的字数都是一样多。这种格式似乎是用得很普遍。尤其是那字数整齐的句子，看起来好像刀子切的一般，看惯了参差不齐的自由诗的人，特别觉得有点希奇。他们觉得把句子切得那样整齐，该是多么麻烦的工作。他们又想到做诗是那样的麻烦，诗人的灵感不完全毁坏了吗？灵感毁了，还从哪里去找诗呢？不错，灵感毁了，诗也毁了。但是字句锻炼得整齐，实在不是一件难事；灵感决不致因为这个就会受了损失。我曾经问过现在常用整齐的句法的几个作者，他们都这样讲；他们都承认若是他们的哪一首诗没有做好，只应该归罪于他们还没有把这种格式用熟；这种格式的本身，不负丝毫的责任。我们最好举两个例来对照着看一看，一个例是句法不整齐的；一个是整齐的，看整齐与凌乱的句法和音节的美丑有关系没有——

> 我愿透着寂静的朦胧，薄淡的浮纱，
> 细听着渐渐的细雨寂寂的在檐上，
> 激打遥对着远过吹来的空虚中的嘘叹的声音，
> 意识着一片一片的坠下的轻轻的白色的落花。

> 说到这儿，门外忽然灯响，
> 老人的脸上也改了模样；
> 孩子们惊望着他的脸色，
> 他也惊望着炭火的红光。

到底哪一个的音节好些——是句法整齐的，还是不整齐？更彻底的讲来，句法整齐不但于音节没有妨碍，而且可以促成音节的调和。这话讲出来，又有人不肯承认了。我们就拿着前面的证例分析一遍，看整齐的句法同调和的音节是不是一件事。

孩子们｜惊望着｜他的｜脸色
他也｜惊望着｜炭火的｜红光

这里每行都可以分成四个音尺，每行有两个"三字尺"（三个字构成的音尺之简称，以后仿此）和两个"二字尺"，音尺排列的次序是不规则的，但是每行必须还他两"三字尺"两个"二字尺"的总数。这样写来，音节一定铿锵，同时字数也就整齐了。所整齐的字句是调和的音节必然产生出来的现象。绝对的调和音节，字句必定整齐。（但是反过来讲，字数整齐了，音节不一定就会调和，那是因为只有字数的整齐，没有顾到音尺的整齐——这种的整齐是死气板脸的硬嵌上去的一个整齐的框子，不是充实的内容产生出来的天然的整齐的轮廓。）

这样讲来，字数整齐的关系可大了，因为从这一点表面上的形式，可以证明诗的内在的精神——节奏的存在与否。如果读者还以为前面证例不够，可以用同样的方法分析我的《死水》。

这首诗从第一行

这是｜一沟｜绝望的｜死水

起，以后每一行都是用三个"二字尺"和一个"三字尺"构成的，所以每行的字数也是一样多。结果，我觉得这首诗是我第一次在音节上最满意的试验。因为近来有许多朋友怀疑到《死水》这一类麻将牌式的格式，所以我今天就顺便把它说明一下。我希望读者注意，新诗的音节，从前面所分析的看来，确乎已经有了一种具体的方式可寻。这种音节的方式发现以后，我断言新诗不久定要走进一个新的建设的时期了。无论如何，我们应该承认这在新诗的历史里是一个轩然大波。

这一个大波的荡动是进步还是退化，不久也就自然有了定论。

（原载 1926 年 5 月 13 日《晨报》副刊《诗镌》第 7 号）

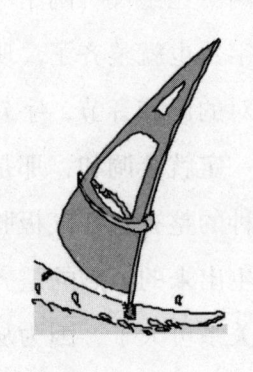

诗人的横蛮

孔子教小子，教伯鱼的话，正如孔子一切的教训，在这年头儿，都是犯忌讳的。依孔子的见解，诗的灵魂是要"温柔敦厚"的。但是在这年头儿，这四个字千万说不得，说出了，便证明你是个弱者。当一个弱者是极寒伧的事，特别是在这一个横蛮的时代。在这时代里，连诗人也变横蛮了；做诗不过是用比较斯文的方法来施行横蛮的伎俩。我们的诗人早起听见鸟儿叫了几声，或是上万牲园逛了一逛，或是接到一封情书了……你知道——或许他也知道这都不是什么了不得的事件，够不上为它们就得把安居乐业的人类都给惊动了。

但是他一时兴会来了，会把这消息用长短不齐的句子分行写了出来，硬要编辑先生们给它看过几遍，然后又耗费了平民的筋力给它排印了，然后又占据了上千上万的读者的光阴给它读完了，最末还要叫世界，不管三七二十一，承认他是一个天才。你看这是不是横蛮？并且他凭空加了世界这些担负，要是那一方面——编辑，平民或读者——对他大意了一点，他便又要大发雷霆，骂这世界盲目，冷酷，残忍，蹂躏天才……

这种行为不是横蛮是什么？再如果你好心好意对他这作品下一点批评，说他好，那固然算你没有瞎眼睛，你要是敢说了他半个坏字，那你可触动了太岁，他能咒到你全家都死尽了。

试问这不是横蛮是什么？

我看如果诗人们一定要这样横蛮，这样骄纵，这样跋扈，最好早晚由政府颁布一个优待诗人的条例，请诗人们都带上平顶帽子，穿上灰色的制服（最好是粉红色的，那最合他们的身份）以表他们是属于享受特殊权利的阶级，并且仿照优待军人的办法，电车上，公园里，戏园里，……都准他们自由出入，让他们好随时随地寻求灵感。反正他们享受的权利已经不少了，政府不如卖一个面子，追认一下。但是我怕这一来，中国诗人一向的"温柔敦厚"之风会要永远灭绝了！

（选自1926年5月27日《晨报》副刊《诗镌》）

戏剧的歧途

近代戏剧是碰巧走到中国来的。他们介绍了一位社会改造家——易卜生。碰巧易卜生曾经用写剧本的方法宣传过思想，于是要易卜生来，就不能不请他的"问题戏"——《傀儡之家》，《群鬼》，《社会的柱石》等等了。第一次认识戏剧既是从思想方面认识的，而第一次的印象又永远是有威权的，所以这先入为主的"思想"便在我们脑筋里，成了戏剧的灵魂。从此我们仿佛说思想是戏剧的第一个条件。不信，你看后来介绍肖伯纳，介绍王尔德，介绍哈夫曼，介绍高斯俄绥……那一次不是注重思想，那一次介绍的真是戏剧的艺术？好了，近代戏剧在中国，是一位不速之客；戏剧是沾了思想的光，侥幸混进中国来的。不过艺术不能这样没有身分。你没有诚意请他，他也就同你开玩笑了，他也要同你虚与委蛇了。

现在我们许觉悟了。现在我们许知道便是易卜生的戏剧，除了改造社会，也还有一种更纯洁的——艺术的价值。但是等到我们觉悟的时候，从前的错误已经长了根，要移动它，已经有些吃力了，从前没有专诚敦请过戏剧，现在得到了两种教训。第一，这几年来我们在剧本上所得的收成，差不多都是些稗子，缺少动作，缺少结构，缺少戏剧性，充其量不过是些能读不能演的 closet drama 罢了。第二，因为把思想当作剧本，又把剧本当作戏剧，所以纵然有了能演的剧本，也不知道怎样在舞台上表现了。

剧本或戏剧文学，在戏剧的家庭里，的确是一个问题。只就现在戏剧完成的程序看，最先产生的，当然是剧本。但是这是丢掉历史的说话。从历史上看来，剧本是最后补上的一样东西，是演过了的戏的一种记录。现在先写剧本，然后演戏。这种戏剧的文学化，大家都认为是戏剧的进化。从一方面讲，这当然是对的，但是从另一方面讲，可又错了。老实说，谁知道戏剧同文学拉拢了，不就是戏剧的退化呢？艺术最高的目的，是要达到"纯形"pure form 的境地，可是文学离这种境地远着了。你可知道戏剧为什么不能达到"纯形"的涅槃世界吗？那都是害在文学的手里。自从文学加进了一份儿，戏剧便永远注定了是一副俗骨凡胎，永远不能飞升了；虽然它还有许多的助手——有属于舞蹈的动作，属于绘画建筑的布景，甚至还有音乐，那仍旧是没有用的。你们的戏剧家提起笔来，一不小心，就有许多不相干的成分粘在他笔尖上了——什么道德问题，哲学问题，社会问题……都要粘上来了。问题粘的愈多，纯形的艺术愈少。这也难怪。文学，特别是戏剧文学之容易招惹哲理和教训一类的东西，如同腥膻的东西之招惹蚂蚁一样。你简直没有办法。一出戏是要演给大众看的；没有观众，也就没有戏，严格的讲来。好了，你要观众看，你就得拿他们喜欢看，容易看的，给他们看。假若你们的戏剧家的成功的标准，又只是写出戏来，演了，能够叫观众看得懂，看得高兴。那么他写起戏来，准是一些最时髦的社会问题，再配上一点作料，不拘是爱情，是命案，都可以。这样一来，社会问题是他们本地当时的切身的问题，准看得懂；爱情，命案，永远是有趣味的，准看得高兴。这样一出戏准能哄动一时。然后戏剧家可算成功了。但是，戏剧的本身呢？艺术呢？没有人理会了。犯这样毛病的，当然不只戏剧家。譬如一个画家，若是没有真正的魄力来找出"纯形"的时候，他便摹仿照像了，描漂亮脸子了，讲故事了，谈道理了，做种种有趣味的事件，总要使得这一幅画有人了解，不管从那一方面去了解。本来做有趣味的事件是文学家的惯技。就讲思想这个东西，本来同"纯形"是风马牛不相及的，但是那一件文艺，完全脱离了思想，能够站得稳呢？文字本是思想的符号，文学既用了文字作工具，要完全脱离思想，自然办不到。但是文学专靠思想出风头，可真是没出息了。何况这样出风头是出不出去的呢？谁知道戏剧拉到文学的这一个弱点当作宝贝，一心只想靠这一点东西出风头，岂不是比文学还要没出息吗？其实这样闹总是没有好处的。你尽管为你的思想写戏，你写出来的，恐怕总只有思想，没有戏。果然，你看我们这几年来所得的剧本里，不是没有问题，哲理，教训，牢骚，但是它禁不起表演，你有什么办法呢？况且这样表现思想，也不准表现得好。那可真冤了！为思想写戏，戏当然没有，思想也表现不出。"赔了夫人又折兵"，谁说这不是相当的惩罚呢？

　　不错，在我们现在这社会里，处处都是问题，处处都等候着易卜生，肖伯纳的笔尖来给它一种猛烈的戟刺。难怪青年的作家个个手痒，都想来尝试一下。但是，我们可知道真正有价值的文艺，都是"生活的批评"；批评生活的方法多着了，何必限定是问题戏？莎士比亚没有写过问题戏，古今有谁批评生活比他更批评得透彻的？辛格批评生活的本领也不差罢？但是他何尝写过问题戏？只要有一个脚色，便叫他会讲几句时髦的骂人的话，不能算是问题戏罢？总而言之，我们该反对的不是戏里含着什么问题；若是因为有一个问题，便可以随便写戏，那就把戏看得太不值钱了。我们要的是戏，不拘是那一种的戏。若是仅仅把屈原，聂政，卓文君，许多的古人拉起来，叫他们讲了一大堆社会主义，德谟克拉西，或是妇女解放问题，就可以叫作戏，甚至于叫作诗剧，老实说，这种戏，我们宁可不要。

　　因为注重思想，便只看得见能够包藏思想的戏剧文学，而看不见戏剧的其余的部分。结果，到于今，不三不四的剧本，还数得上几个，至于表演同布景的成绩，便几等于零了。这样做下去，戏剧能够发达吗？你把稻子割了下来，就可以摆碗筷，预备吃饭了吗？你知道从稻子变成饭，中间隔着了好几次手续；可知道从剧本到戏剧的完成，中间隔着的手续，是同样的复杂？这些手续至少都同剧本一样的重要。我们不久就要一件件的讨论。

宫体诗的自赎

　　宫体诗就是宫廷的，或以宫廷为中心的艳情诗，它是个有历史性的名词，所以严格地讲，宫体诗又当指以梁简文帝为太子时的东宫，及陈后主、隋炀帝、唐太宗等几个宫廷为中心的艳情诗。

　　我们该记得从梁简文帝当太子到唐太宗晏驾中间一段时期，正是谢朓已死，陈子昂未生之间一段时期。这其间没有出过一个第一流的诗人。那是一个以声律的发明与批评的勃兴为人所推重，但论到诗的本身，则为人所诟病的时期。没有第一流诗人，甚至没有任何诗人，不是一桩罪过。那只是一个消极的缺憾。但这时期却犯了一桩积极的罪。它不是一个空白，而是一个污点，就因为他们制造了些有如下面这样的宫体诗：

　　　　长筵广未同，上客娇难逼。
　　　　还杯了不顾，回身正颜色。（高爽《咏酌酒人》）
　　　　众中俱不笑，座上莫相撩。（邓鉴《奉和夜听妓声》）。

　　这里所反映的上客们的态度，便代表他们那整个宫廷内外的气氛。

人人眼角里是淫荡：

　　上客徒留目，不见正横陈。（鲍泉《敬酬刘长史咏名士悦倾城》）

人人心中怀着鬼胎：

　　春风别有意，密处也寻香。（李义府《堂词》）

对姬妾娼妓如此，对自己的结发妻亦然（刘孝威《郡县寓见人织率尔赠妇》便是一例）。于是发妻也就成了倡家。徐悱写得出《对房前桃树咏佳期赠内》那样一首诗，他的夫人刘令娴为什么不可以写一首《光宅寺》来赛过他？索性大家都揭开了：

　　知君亦荡子，贱妾自倡家。（吴均《鼓瑟曲有所思》）

因为也许她明白她自己的秘诀是什么。

　　自知心所爱，出入仕秦宫。
　　谁言连屈尹，更是莫遨通？（简文帝《艳歌篇》十八韵）

简文帝对此并不诧异，说不定这对他，正是件称心的消息。堕落是没有止境的。从一种变态到另一种变态往往是个极短的距离，所以现在像简文帝《娈童》，吴均《咏少年》，刘孝绰《咏小儿采莲》，刘遵《繁华应令》，以及陆厥《中山王孺子妾歌》一类作品，也不足令人惊奇了。变态的又一型类是以物代人为求满足的对象。于是绣领，裲腹，履，枕，席，卧具……全有了生命，而成为被玷污者。推而广之，以至灯烛，玉阶，梁尘，也莫不踊跃地助他们集中意念到那个荒唐的焦点，不用说，有机生物如花草莺蝶等更都是可人的同情者。

  罗荐已擘鸳鸯被，绮衣复有葡萄带。
  残红艳粉映帘中，戏蝶流莺聚窗外。（上官仪《八咏应制》）

  看看以上的情形，我们真要疑心，那是作诗，还是在一种伪装下的无耻中求满足。在那种情形之下，你怎能希望有好诗！所以常常是那套褪色的陈词滥调，诗的本身并不能比题目给人以更深的印象。实在有时他们真不像是在作诗，而只是制题。这都是惨淡经营的结果：《咏人聘妾仍逐琴心》（伏知道），《为寒床妇赠夫》（王胄），特别是后一例，尽有"闺情"，"秋思"，"寄远"一类的题面可用，然而作者偏要标出这样五个字来，不知是何居心。如果初期作者常用的"古意"、"拟古"一类暧昧的题面，是一种遮羞的手法，那么现在这些人是根本没有羞耻了！这由意识到文词，由文词到标题，逐步的鲜明化，是否可算作一种文字的裎裸狂，我不知道。反正赞叹事实的"诗"变成了标明事类的"题"之附庸，这趋势去《游仙窟》一流作品，以记事文为主，以诗副之的形式，已很近了。形式很近，内容又何尝远？《游仙窟》正是宫体诗必然的下场。

  我还得补充一下宫体诗在它那中途丢掉的一个自新的机会。这专以在昏淫的沉迷中作践文字为务的宫体诗，本是衰老的，贫血的南朝宫廷生活的产物，只有北方那些新兴民族的热与力才能拯救它。因此我们不能不庆幸庾信等之入周与被留，因为只有这样，宫体诗才能更稳固地移植在北方，而得到它所需要的营养。果然被留后的庾信的《乌夜啼》，

《春别诗》等篇，比从前在老家作的同类作品，气色强多了。移植后的第二三代本应不成问题。谁知那些北人骨子里和南人一样，也是脆弱的，禁不起南方那美丽的毒素的引诱，他们马上又屈服了。除薛道衡《昔昔盐》，《人日思归》，隋炀帝《春江花月夜》三两首诗外，他们没有表现过一点抵抗力。炀帝晚年可算热忱的效忠于南方文化了，文艺的唐太宗，出人意料之外，比炀帝还要热忱。于是庾信的北渡完全白费了。宫体诗在唐初，依然是简文帝时那没筋骨、没心肝的宫体诗。不同的只是现在词藻来得更细致，声调更流利，整个的外表显得更乖巧，更酥软罢了。说唐初宫体诗的内容和简文帝时完全一样，也不对。因为除了搬出那僵尸"横陈"二字外，他们在诗里也并没有讲出什么。这又教人疑心这辈子人已失去了积极犯罪的心情。恐怕只是词藻和声调的试验给他们羁系着一点作这种诗的兴趣（词藻声调与宫体有着先天与历史的联系）。宫体诗在当时可说是一种不自主的、虚伪的存在。原来从虞世南到上官仪是连堕落的诚意都没有了。此真所谓"萎靡不振"！

但是堕落毕竟到了尽头，转机也来了。

在窒息的阴霾中，四面是细弱的虫吟，虚空而疲倦，忽然一声霹雳，接着的是狂风暴雨！虫吟听不见了，这样便是卢照邻《长安古意》的出现。这首诗在当时的成功不是偶然的。放开了粗豪而圆润的嗓子，他这样开始：

长安大道连狭斜，青牛白马七香车。玉辇纵横过主第，金鞭络绎向侯家！龙衔宝盖承朝日，凤吐流苏带晚霞。百丈游丝争绕树，一群娇鸟共啼花。……

这生龙活虎般腾踔的节奏，首先已够教人们如大梦初醒而心花怒放了。然后如云的车骑，载着长安中各色人物 panorama 式的一幕幕出现，通过"五剧三条"的"弱柳青槐"来"共宿娼家桃李蹊"。诚然这不是一场美丽的热闹。但这颠狂中有战栗，堕落中有灵性：

得成比目何辞死，愿作鸳鸯不羡仙。

比起以前那光是病态的无耻：

相看气息望君怜，谁能含羞不肯前！（简文帝《乌楼曲》）

如今这是什么气魄！对于时人那虚弱的感情，这真有起死回生的力量。最后：

节物风光不相待，桑田碧海须臾改。
昔时金阶白玉堂，即今惟见青松在！

似有"劝百讽一"之嫌。对了，讽刺，宫体诗中讲讽刺，多么生疏的一个消息！我几乎要问《长安古意》究竟能否算宫体诗？从前我们所知道的宫体诗，自萧氏君臣以下都是作者自身下流意识的口供，那些作者只在诗里，这回卢照邻却是在诗里，又在诗外，因此他能让人人以一个清醒的旁观的自我，来给另一自我一声警告。这两种态度相差多远！

寂寂寥寥杨子居，年年岁岁一床书。
独有南山桂花发，飞来飞去袭人裾。

这篇末四句有点突兀，在诗的结构上既嫌蛇足，而且这样说话，也不免暴露了自己态度的褊狭，因而在本篇里似乎有些反作用之嫌。可是对于人性的清醒方面，这四句究不失为一个保障与安慰。一点点艺术的失败，并不妨碍《长安古意》在思想上的成功。他是宫体诗中一个破天荒的大转变。一手挽住衰老了的颓废，教给他如何回到健全的欲望；一手又指给他欲望的幻灭。这诗中善与恶都是积极的，所以二者似相反而相成。我敢说《长安古意》的恶的方面比善的方面还有用。不要问卢照邻如何成功，只看庾信是如何失败的。欲望本身不是什么坏东西。如果它走入了歧途，只有疏导一法可以挽救，壅塞是无效的。庾信对于宫体诗的态度，是一味地矫正，他仿佛是要以非宫体代宫体。反之，卢照邻只要以更有力的宫体诗救宫体诗，他所争的是有力没有力，不是宫体不宫体。甚至你说他的方法是以毒攻毒也行，反正他是胜利了。有效的方法不就是对的方法吗？

矛盾就是人性，诗人作诗本不必对自己的行为负责。原来《长安古意》的"年年岁岁一床书"，只是一句诗而已，即令作诗时事实如此，大概不久以后，情形就完全变了，骆宾王的《艳情代郭氏答卢照邻》便是铁证。故事是这样的：照邻在蜀中有一个情妇郭氏，正当她有孕时，照邻因事要回洛阳去，临行相约不久回来正式成婚。谁知他一去两年不返，而且在三川有了新人。这时她望他的音信既望不到，孩子也丢了。"悲鸣五里无人间，肠断三声谁为续"！除了骆宾王给寄首诗去替她申一回冤，这悲剧又能有什么更适合的收场呢？一个生成哀艳的传奇故事，可惜骆宾王没赶上蒋防、李公佐的时代。我的意思是：故事最适宜于小说，而作者手头却只有一个诗的形式可供采用。这试验也未尝不可作，然而他偏偏又忘记了《孔雀东南飞》的典型。凭一枝作判词的笔锋（这是他的当行），他只草就了一封韵语的书札而已。然而是试验，就值得钦佩。骆宾王的失败，不比李百药的成功有价值吗？他至少也替《秦妇吟》垫过路。这以"一抔之土未干，六尺之孤何托"，教历史上第一位英威的女性破胆的文士，天生一副侠骨，专喜欢管闲事，打抱不平，杀人报仇，革命，帮痴心女子打负心汉，都是他干的。《代女道士王灵妃赠道士李荣》里没讲出具体的故事来，但我们猜得到一半，还不是卢、郭公案那一类的纠葛？李荣是个有才名道士。（见《旧唐书·儒学罗道琮传》，卢照邻也有过诗给他。）故事还是发生在蜀中，李荣往长安去了，也是许久不回来，王灵妃急了，又该骆宾王给去信促驾了。不过这回的信却写得比较像首诗。

其所以然，倒不在——

梅花如雪柳如丝，年去年来不自持。
初言别在寒偏在，何悟春来春更思。

一类响亮句子，而是那一气到底而又缠绵往复的旋律之中，有着欣欣向荣的情绪。《代女道士王灵妃赠道士李荣》的成功，仅次于《长安古意》。

和卢照邻一样，骆宾王的成功，有不少成分是仗着他那篇幅的。上文所举过的二人的作品，都是宫体诗中的云冈造像，而宾王尤其好大成癖（这可以他那以赋为诗的《帝京篇》、《畴昔篇》为证）。从五言四句的《自君之出矣》，扩充到卢、骆二人洋洋洒洒的巨篇，这也是宫体诗的一个剧变。仅仅篇幅大，没有什么。要紧的是背面有厚积的力量撑持着。这力量，前人谓之"气势"，其实就是感情。有真实感情，所以卢、骆的来到，能使人们麻痹了百余年的心灵复活。有感情，所以卢、骆的作品，正如杜甫所预言的，"不废江河万古流"。

从来没有暴风雨能够持久的。果然持久了，我们也吃不消，所以我们要它适可而止。因为，它究竟只是一个手段，打破郁闷烦躁的手段；

也只是一个过程,达到雨过天晴的过程。手段的作用是有时效的,过程的时间也不宜太长,所以在宫体诗的园地上,我们很侥幸地碰见了卢、骆,可也很愿意能早点离开他们,——为的是好和刘希夷会面。

古来容光人所美,况复今日遥相见?
愿作轻罗着细腰,愿为明镜分娇面。(《公子行》)

这不是什么十分华贵的修辞,在刘希夷也不算最高的造诣;但在宫体诗里,我们还没听见过这类的痴情话。我们也知道他的来源是《同声诗》和《闲情赋》。但我们要记得,这类越过齐梁,直向汉晋人借贷灵感,在将近百年以来的宫体诗里也很少人干过呢!

与君相向转相亲,与君双栖共一身。
愿作贞松千岁古,谁论芳槿一朝新!
百年同谢西山日,千秋万古北邙尘。(《公子行》)

这连同它的前身——杨方《合欢诗》,也不过是常态的,健康的爱情中,极平凡、极自然的思念,谁知道在宫体诗中也成为了不得的稀世的珍宝。回返常态确乎是刘希夷的一个主要特质,孙翌编《正声集》时把刘希夷列在卷首,便已看出这一点来了。看他即便哀艳到如:

自怜妖艳姿,妆成独见时。
愁心伴杨柳,春尽乱如丝。(《春女行》)

携笼长叹息,逶迤恋春色。
看花若有情,倚树疑无力。

薄暮思悠悠，使君南陌头。

相逢不相识，归去梦青楼。（《采桑夕》）

也从没有不归于正的时候。感情返到正常状态是宫体诗的又一重大阶段。惟其如此，所以烦躁与紧张都消失了，只剩下一片晶莹的宁静。就在此刻，恋人才变成诗人，憬悟到万象的和谐，与那一水一石一草一木的神秘的不可抵抗的美，而不禁受创似地哀叫出来：

可怜杨柳伤心树！可怜桃李断肠花！（《公子行》）

但正当他们叫着"伤心树"、"断肠花"时，他已从美的暂促性中认识了那玄学家所谓的"永恒"——一个最缥缈，又最实在；令人惊喜，又令人震怖的存在。在它面前一切都变渺小了，一切都没有了。自然认识了那无上的智慧，就在那彻悟的一刹那间，恋人也就变成哲人了：

洛阳城东桃李花，飞来飞去落谁家？洛阳女儿好颜色，坐见落花长叹息：今年花落颜色改，明年花开复谁在！……古人无复洛城东，今人还对落花风。年年岁岁花相似，岁岁年年人不同。（《代白头翁》）

相传刘希夷吟到"今年花落……"二句时，吃一惊，吟到"年年岁岁……"二句，又吃一惊。后来诗被宋之问看到，硬要让给他，诗人不肯，就生生地被宋之问给用土囊压死了。于是诗谶就算验了。编故事的人的意思，自然是说，刘希夷泄露了天机，论理该遭天谴。这是中国式的文艺批评，隽永而正确，我们在千载之下，不能，也不必改动它半点。不过我们可以用现代语替它诠释一遍，所谓泄露天机者，便是悟到宇宙意识之谓。从蜣螂转丸式的宫体诗一跃而到庄严的宇宙意识,这可太远了,太惊人了!这时的刘希夷实已跨近了张若虚半步,而离绝顶不远了。

如果刘希夷是卢、骆的狂风暴雨后宁静爽朗的黄昏,张若虚便是风雨后更宁静更爽朗的月夜。《春江花月夜》本用不着介绍,但我们还是忍不住要谈谈。就宫体诗发展的观点看,这首诗尤有大谈的必要。

春江潮水连海平,海上明月共潮生。滟滟随波千万里,何处春江无月明!江流宛转绕芳甸,月照花林皆似霰,空里流霜不觉飞,汀上白沙看不见。

在这种诗面前,一切的赞叹是饶舌,几乎是亵渎。它超过了一切的宫体诗有多少路程的距离,读者们自己也知道。我认为用得着一点诠明的倒是下面这几句:

……江畔何人初见月?江月何年初照人?人生代代无穷已,江月年年只相似。不知江月待何人,但见长江送流水!

更夐绝的宇宙意识!一个更深沉,更寥廓更宁静的境界!在神奇的永恒前面,作者只有错愕,没有憧憬,没有悲伤。从前卢照邻指点出"昔时金阶白玉堂,即今惟见青松在"时,或另一个初唐诗人——寒山子更尖酸地吟着"未必长如此,芙蓉不耐寒"时,那都是站在本体旁边凌视现实。那态度我以为太冷酷,太傲慢,或者如果你愿意,也可以带点狐假虎威的神气。在相反的方向,刘希夷又一味凝视着"以有涯随无涯"的徒劳,而徒劳地为它哀毁着,那又未免太萎靡,太怯懦了。只张若虚这态度不亢不卑,冲融和易才是最纯正的,"有限"与"无限","有情"与"无情"——诗人与"永恒"猝然相遇,一见如故,于是谈开了——"江畔何人初见月？江月何年初照人？……江月年年只相似，不知江月待何人？"对每一问题，他得到的仿佛是一个更神秘的更渊默的微笑，他更迷惘了，然而也满足了。于是他又把自己的秘密倾吐给那缄默的对方：

　　白云一片去悠悠，青枫浦上不胜愁。

因为他想到她了，那"妆镜台"边的"离人"。他分明听见她的叹喟：

　　此时相望不相闻，愿逐月华流照君！

他说自己很懊悔，这飘荡的生涯究竟到几时为止！

　　昨夜闲潭梦落花，可怜春半不还家。
　　江水流春去欲尽，江潭落月复西斜！

他在怅惘中，忽然记起飘荡的许不只他一人，对此清景，大概旁人，也只得徒唤奈何罢？

　　斜月沉沉藏海雾，碣石潇湘无限路。
　　不知乘月凡人归，落月摇情满江树！

这里一番神秘而又亲切的，如梦境的晤谈，有的是强烈的宇宙意识，被宇宙意识升华过的纯洁的爱情，又由爱情辐射出来的同情心，这是诗中的诗，顶峰上的顶峰。从这边回头一望，连刘希夷都是过程了，不用说卢照邻和他的配角骆宾王，更是过程的过程。至于那一百年间梁、陈、隋、唐四代宫廷所遗下了那分最黑暗的罪孽，有了《春江花月夜》这样一首宫体诗,不也就洗净了吗?向前替宫体诗赎清了百年的罪,因此,向后也就和另一个顶峰陈子昂分工合作,清除了盛唐的路,——张若虚的功绩是无从估计的。

复古的空气

近来在思想和文学艺术诸方面,复古的空气颇为活跃,这是值得注意的一个现象。就一般民众讲,文化是有惰性的,而农业社会尤其如此。几千年积下来的习惯和观念,几乎成了第二天性,骤然改动,是不舒服的,其实就这群浑浑噩噩的大众说,他们始终是在"古"中没有动过,他们未曾维新,还谈得到什么复古!我们所谓复古空气,自然是专指知识和领导阶级说的。不过农民既几乎占我们人口百分之八十,少数的知识和领导阶级,不会不受他们的影响,所以谈到少数人的复古空气,首先不能不指出那作为他们的背景的大众。至于少数人之间所以发生这种空气,其原因与动机,可以分作四个类型来讲。

(一)一般的说来,复古倾向是一种心理上的自卫机能。自从与外人接触,在物质生活方面,发现事事不如人,这种发现所给予民族精神生活的担负,实在太重了。少数先天脆弱的心灵确乎给它压瘪了,压死了。多数人在这时,自卫机能便发生了作用。本来文学艺术以及哲学就有逃避现实的趋势,而中国的文学艺术与哲学尤其如此。

中国人现实方面的痛苦，这时正好利用它们来补偿。一想到至少在这些方面我们不弱于人，于是便有了安慰。说坏了，这是"鱼处于陆，相濡以湿，相嘘以沫"的自慰的办法。说好了，人就全靠这点不肯绝望的刚强性，才能够活下去，活着奋斗下去。这是紧急关头的一帖定心剂。虽不彻底，却也有些暂时的效用。代表这种心理的人，虽不太强，也不太弱，唯其自知是弱，所以要设法"自卫"，但也没有弱到连"自卫"意志都没有，所以还算相当的强，平情而论，这一类型的复古倾向，是未可厚非的。

（二）另一类型是带有报复意味的自尊心理，凡是与外人直接接触较多，自然也就是饱尝屈辱经验的人，一方面因近代知识较丰富，而能虚心承认自己落后；另一方面，因为往往是社会各部门的领袖，所以有他们应有的骄傲和自尊心，然责任又教他们不能不忍重负辱，那种矛盾心理的压迫是够他们受的。压迫愈大，反抗也愈大。一旦机会来了，久经屈辱的自尊心是知道图报复的；于是紧跟着以抗战换来的民族荣誉和国家地位，便是甚嚣尘上的复古空气。前一类型的心理说我们也有不弱于人的地方，这一类型的简直说我们比他们高。这些人本来是强者，自大是强者的本色，民族荣誉和国家地位也实在来得太突然，教人不能不迷惑。依强者们看来，一种自然的解释，是本来我们就不是不如人，荣誉和地位我们是应得的。诚然——但是那种趾高气扬的神情总嫌有些不够大方罢！

（三）第三个类型的复古，与其说是自尊，无宁说是自卑，不少的外国朋友捧起中国来，直使我们茫然。要晓得西洋的人本性是浪漫好奇的，甚至是怪僻的，不料真有人盲从别人来捧自己，因而也大干起复古的勾当来，实在是这种复古以媚外的心理也并不少见。

（四）如果第三种人是完全没有自己，第四种人便是完全为自己打算的。有的是以复古来掩饰自己不懂近代知识，多半的老先生们属于这一类，虽则其中少年老成的分子也不在少数。有的正相反，又以复古来掩饰自己不大懂线装书的内容，暴发户的"二毛子"属于这一类，虽则只读洋装书的堂堂学者们也有时未能免俗。至于有人专门搬弄些"假古董"在国际市场上吸收外汇，因而为对外推销的广告作用，不得不响应国内的复古运动，那就不好批评了。

　　复古的心理是分析不完的，大致说来，最显著的不外上述四类型。其中有比较可取的，有居心完全不可问的。纯粹属于某一类的大概很少，通常是几种糅合错综起来的一个复杂体。说复古空气是最近新兴的现象，也不合事实。趋势早已在酝酿，不过最近似乎更表面化了一点。为什么最近才表面化？当然与抗战有关。历史在转向，转向时的心理是不会有平静。转得愈急，波动愈大，所以在这抗战期间，一面近代化的呼声最高，一面复古的空气也最浓厚。

　　就一般的人说，心理的波动，不足怪，但少数的知识和领导分子，却应该早已认清历史，拿定主义，游移虽不致改变历史，但是会延缓历史的进展，须知我们的时间和精力却不容浪费。

　　我们的民族和文化所以能存在到今天，自然有其生存的道理在，这道理并不像你所想的，在能保存古的，而是正相反，在能吸收新的。历史告诉我们，中国文化并不是一个单纯的，一成不变的文化（如果是那样的，它就早完了）。最初东西夷夏两民族，分明代表着两个不同的文化。

　　如果你站在东方，以夷（殷人及东夷）为本位，那便是夷吸收了夏；如果站在西方，以夏（夏周）为本位，那便是夏吸收了夷。但是这两个文化早已融合到一种程度，使得我们分辨不出谁是主，谁是客来。在血缘上，楚与北方夷夏两族的关系，究竟如何，现在还不知道。无论如何，在文化上，直至战国，他们还是被视为外国人的。逐渐的这一支文化也被吸收了，到了汉朝，南北又成了一家，分不出主客来。究竟谁是我们的"古"？严格的讲，殷的后裔孔子若要复古，文武周公就得除外，屈原若要复古，就得否认《三百篇》。从西周到战国，无疑是我们文化史中最光荣的一段，但从没有听说那时的人站在民族的立场上讲复古的。即依你的说法，先秦北方的夷夏和南方的楚，在民族上还是一家，文化也不过是大同小异，不能和今天的情形相比。那么，打汉末开始的一整部佛教史又怎样呢？宋明人要讲复古，会有他们那"儒表佛里"的理学吗？会有他们那《西厢》、《水浒》吗？还有一部清代的朴学史，也不能不承认是耶稣教士带来的西洋科学精神的赐予。以上都是极显而易见的历史事实，文化史上每放一次光，都是受了外来的刺激，而不是因为死抓着自己固有的东西。

不但中国如此，世界上多少文化都曾经因接触而交流，而放出异采。凡是限于天然环境，不能与旁人接触，而自己太傻太笨，不能，因此就不愿学习旁人的民族，没有不归于灭亡的。天然环境的限制，只要有决心，有勇气，还可以用人力来打开（例如我们的法显，玄奘，义净诸人的故事），怕的是自己一味固执，不肯虚怀受善。其实哪里是不肯，恐怕还是不能、不会罢！如果是这种情形，那就惨了。我深信我们今天的情形，不属于这一类，然而我仍然有点不放心。佛教思想与老庄本就有些相近，让我们接受佛教思想，比较容易。今天来的西洋思想确乎离我们太远，是不是有人因望而生畏，索性就提倡复古以资抵抗呢？幸而今天喜欢嚷嚷孔学和哼哼歪诗的人，究竟不算太多，而青年人尤其少。

我们强调的声明，民族主义我们是要的，而且深信是我们复兴的根本。但民族主义不该是文化的闭关主义。我甚至相信正因我们要民族主义，才不应该复古。老实说，民族主义是西洋的产物，我们的所谓"古"里，并没有这东西。谈谈孔学，做做歪诗，结果只有把今天这点民族主义的萌芽整个毁掉完事。其实一个民族的"古"是在他们的血液里，像中国这样一个有悠久历史的民族，要取消它的"古"的成分，并不太容易。难的倒是怎样学习新的。因为在上文我们已经提过，文化是有惰性的，而愈老的文化，惰性也愈大。克服惰性是一件难事啊！

有人说，你太傻了，你忘了"儒表佛里"的理学家的道统是从文武周公算起的，而不从释迦牟尼算起，接受西洋科学精神的朴学，仍旧称为汉学，而不称西学。内容无妨接受人家，外表还得是自己的。这是面子问题，而面子也不能不顾。今天的复古，也可以作如是观。我但愿自己太傻，然而我又担心拥护复古的人们和我一样的傻。傻到真正言行一致。

（原载1944年2月20日《云南月报》第2版"星期论文"栏）

龙 凤

前些时候接到一个新兴刊物负责人一封征稿的信，最使我发生兴味的是那刊物的新颖命名——《龙凤》，虽则照那篇"缘起"看，聪明的主编者自己似乎并未了解这两个字中丰富而深邃的含义。无疑的他是被这两个字的奇异的光艳所吸引，他迷惑于那蛇皮的夺目的色彩，却没理会蛇齿中埋伏着的毒素，他全然不知道在玩弄色彩时，自己是在与毒素同谋。

就最早的意义说，龙与凤代表着我们古代民族中最基本的两个单元——夏民族与殷民族，因为在"鲧死，……化为黄龙，是用出禹"和"天命玄鸟（即凤），降而生商"两个神话中，我们依稀看出，龙是原始夏人的图腾，凤是原始殷人的图腾（我说原始夏人和原始殷人，因为历史上夏殷两个朝代，已经离开图腾文化时期很远，而所谓图腾者，乃是远在夏代和殷代以前的夏人和殷人的一种制度兼信仰）。因之把龙凤当作我们民族发祥和文化肇端的象征，可说是再恰当没有了。若有人愿意专就这点着眼，而想借"龙凤"二字来提高民族意识和情绪，那倒无可厚非。可惜这层历史社会学的意义在一般中国人心目中并不存在；而"龙凤"给一般人所引起的联想则分明是另一种东西。图腾式的民族社会早已变成了国家，而封建王国又早已变成了大一统的帝国，这时一个图腾生物已经不是全体族员的共同祖先，而只是最高统治者一姓的祖先，所以我们记忆中的龙凤，只是帝王与后妃的符瑞，和他们及她们宫室舆服的装饰"母题"，一言以蔽之，它们只是"帝德"与"天威"的标记。有了一姓，便对待的产生了百姓，一姓尊荣，便天然的决定了百姓的苦难。你记得复辟与龙旗的不可分离性，你便会原谅我看见"龙凤"二字而不禁怵目惊口的苦衷了。我是不同意于"天王圣明，臣罪当诛"的，"缘起"中也提到过"龙凤"二字在文化思想方面的象征意义，他指出了文献中以龙比老子的故事。却忘了一副天生巧对的下联，那便是以凤比孔子的故事。可巧故事都见于《庄子》一书里。《天运》篇说孔子见过老聃后，发呆了三天说不出话，弟子们问他给老聃讲了些什么，他说："吾乃今于是乎见龙——龙合而成体，散而成章，乘云气而养翔乎阴阳，予口张而不能言，舌举而不能讯，予又何规老聃哉！"这是常用的典故。（也就是许多姓李的楹联中所谓"犹龙世泽"的来历）。至于以凤比孔子的典故，也近在眼前，不知为什么从未成为词章家"獭祭"的资料，孔子到了楚国，著名的疯子接舆所唱的那充满讽刺性的歌儿——

凤兮凤兮！何如（汝）德之衰也？来世不可待，往世不可追也！……

不但见于《庄子》（《人世间》篇），还见于《论语》（《微子》篇）。是以前读死书的人不太认识字，不知道"如"是"汝"的假借，因而没弄清话中的意思吗？可是《汉石经》《论语》"如"作"而"，"而"字本也训"汝"，那么歌辞的喻意，至少汉人是懂得。另一个也许更有趣的以凤比孔子的出典，见于唐宋"类书"所引的一段《庄子》佚文：

老子见孔子从弟子五人,问曰,"前为谁?"对曰,"子路,勇且力。其次子贡为智,曾子为孝,颜回为仁,子张为武。"

老子叹曰:"吾闻南方有鸟,其命为凤……凤鸟之文,戴圣婴仁,右智右贤……"

这里以凤比孔子,似乎更明显。尤其有趣的是,那次孔子称老子为龙,这次是老子回敬孔子,比他作凤,龙凤是天生的一对,孔老也是天生的一对,而话又出自彼此的口中,典则同见于《庄子》。你说这天生巧对是庄子巧思的创造,意匠的游戏——又是他老先生的"廖悠之说,荒唐之言,无端崖之辞"吗?也不尽然。前面说过原始殷人是以凤为图腾的,而孔子是殷人之后,我们尤其熟习。老子是楚人,向来无异词,楚是祝融六姓中姓季连之后,而祝融,据近人的说法,就是那"人面龙身而无足"的烛龙,然则原始楚人也当是一个龙图腾的族团。以老子为龙,孔子为凤,可能是庄子的寓言,但寓言的产生也该有着一种素地,民俗学的素地(这可以《庄子》书中许多其它的寓言为证),其实凤是殷人的象征,孔子是殷人的后裔。呼孔子为凤,无异称他为殷人;龙是夏人的,也是楚人的象征,说老子是龙,等于说他是楚人,或夏人的本家。中国最古的民族单元不外夏殷,最典型中国式而最有支配势力的思想家莫如孔老,刊物命名《龙凤》,不仅象征了民族,也象征了最能代表民族气质的思想家,这从某种观点看,不能不说是中国有刊物以来最漂亮的名字了!

然而,还是庄子的道理,"腐臭复化为神奇,神奇复化为腐臭,"——从另一种观点看,最漂亮的说不一定也就是最丑恶。我们在上文说过,图腾式的民族社会早已变成了国家,而封建的王国又早已变成了大一统的帝国,在我们今天的记忆中,龙凤只是"帝德"与"天威"的标记而已。现在从这角度来打量孔老,怒我只能看见一位"申申如也,夭夭如也"

而谄上骄下的词寇，和一位以"大巧若拙"的手段"助纣为虐"的柱下吏（五千言本也是"君子南面之术"）。有时两个身影叠成一个，便又幻出忽而"内老外儒"，忽而"外老内儒"，种种的奇形怪状。要晓得这条"见首不见尾"的阴谋家——龙，这只"戴圣婴仁"的伪君子——凤，或二者的混合体，和那象征着"帝德""天威"的龙凤，是不可须臾离人，有了主子，就用得着奴才，有了奴才，必然会捧出一个主子；帝王与士大夫是相依为命的。主子的淫威和奴才的恶毒——暴发户与破落户双重势力的结合，压得人民半死不活。三千年惨痛的记忆，教我们面对这意味深长的"龙凤"二字，怎能不怵目惊心呢！

事实上，生物界只有穷凶极恶而诡计多端的蛇，和受人豢养，替人帮闲，而终不免被人宰割的鸡，那有什么龙和凤呢？科学来了，神话该退位了。办刊物的人也得当心，再不得要让"死的拉住活的"了！

要不然，万一非给这民族选定一个象征性的生物不可，那还是狮子罢，我说还是那能够怒吼的狮子罢，如其它不再太贪睡的话。

一九四四年七月

道教的精神

自东汉以来，中国历史上一直流行着一种实质是巫术的宗教，但它却有极卓越的、精深的老庄一派的思想做它理论的根据，并奉老子为其祖师，所以能自称为道教。后人爱护老庄的，便说道教与道家实质上全无关系，道教生生拉着道家思想来做自己的护身符，那是道教的卑劣手段，不足以伤道家的清白。另一派守着儒家的立场而隐隐以道家为异端的人，直认道教便是堕落了的道家。这两派论者，前一派是有意袒护道家，但没有完全把握着道家思想的真谛，后一派，虽对道家多少怀有恶意，却比较了解道家，但仍然不免于"皮相"。这种人可说是缺少了点历史眼光。一个东西由一个较高的阶段退化到较低的，固然是常见的现象，但那较高的阶段是否也得有个来历呢？较高的阶段没有达到以前，似乎不能没有一个较低的阶级，我常疑心这哲学或玄学的道家思想必有一个前身，而这个前身很可能是某种富有神秘思想的原始宗教，或更具体点讲，一种巫教。这种宗教，在基本性质上恐怕与后来的道教无大差别，虽则在形式上与组织上尽可截然不同。这个不知名的古代宗教，我们可暂称为古道教，因之自东汉以来道教即可称之为新道教。我以为如其说新道教是堕落了的道家，不如说它是古道教的复活。不，古道教也许本来就没有死过。新道教只是古道教正常的、自然的组织而已。这里我们应把宗教和哲学分开，作为两笔账来清算。从古道教到新道教是一个系统的发展，所以应排在一条线上。哲学中的道家是从古道教中分泌出来的一种质素。精华既已分泌出来了，那所遗下的渣滓，不管它起什么发酵作用，精华是不能负责的。古道教经过一个时期的酝酿，后来发酵成天师道一类的形态，这是宗教自己的事，与那已经和宗教脱离了关系的道家思想何干？道家不但对新道教堕落了的行为可告无罪，它并且对古道教还有替它提炼出一些精华来的功绩。道教只有应该感谢道家的。但道家是出身于道教，恐怕是千真万确的事实，它若嫌这出身微贱，而想避讳或抵赖，那却是不应当的。

　　我所谓古道教究竟是什么样的东西？详细的说明，不是本文篇幅所许的，我现在只能挈要提出几点来谈谈。

　　后世的新道教虽奉老子为祖师，但真正接近道教的宗教精神的还是庄子。《庄子》书里实在充满了神秘思想，这种思想很明显的是一种古宗教的反影。《老子》书中虽也带着很浓的神秘色彩，但比起《庄子》似乎还淡得多。从这方面看，我们也不能不同意于多数近代学者的看法，以为至少《老子》这部书的时代，当在《庄子》后。像下录这些《庄子》书中的片段，不是一向被"得意忘言"的读者们认为庄子的"寓言"，甚或行文的词藻一类的东西吗？

　　　　藐姑射之山有神人居焉，肌肤若冰雪，绰约若处子，不食五谷，吸风饮露，乘云气，御飞龙，而游乎四海之外；其神凝，使物不疵疠，而年谷熟。……之人也，物莫之伤，大浸稽天而不溺，大旱金石流，土山焦而不热。（《逍遥游》）

夫道有情有信，无为无形，可传而不可受；可得而不可见，自本自根，未有天地，自古以固存，神鬼神帝，生天生地，在太极之先而不为高，在六极之下而不为深，先天地生而不为久，长于上古而不为老。狶韦氏得之，以挈天地，伏戏氏得之，以袭气母，维斗得之，终古不忒，日月得之，终古不息，堪坏得之，以袭昆仑，冯夷得之，以游大川，肩吾得之，以处大山，黄帝得之，以登云天，颛顼得之，以处玄宫，禺强得之，立乎北极，西王母得之，坐乎少广，莫知其始，莫知其终，彭祖得之，上及有虞，下及五伯，傅说得之，以相武丁，奄有天下，乘东维，骑箕尾而比于列星。（《大宗师》）

至人神矣，大泽焚而不能热，河汉冱而不能寒，疾雷破山，飘风振海而不能惊。若然者，乘云气，骑日月，而游乎四海之外，死生无变于己。（《齐物论》）

以上只是从《内篇》中抽出的数例，其余《外杂篇》中类似的话还不少。这些决不能说是寓言，（庄子所谓"寓言"有它特殊的涵义，这里暂不讨论）。即是寓言，作者自己必先对于其中的可能性及真实性毫不怀疑，然后才肯信任它有阐明或证实一个真理的效用。你是决不会用"假"以证明"真"或用"不可能"以证明"可能"的，庄子想也不会采用这样的辩证法。其实庄子所谓"神人"、"真人"之类，在他自己是真心相信确有其"人"的。他并且相信本然的"人"就是那样具有超越性，现在的人之所以不能那样，乃是被后天的道德仁义之类所斫丧的结果。他称这本然的"人"为"真人"或"神人"或"天"，理由便在于此。

我们只要记得灵魂不死的信念，是宗教的一个最基本的出发点，对庄子这套思想，便不觉得离奇了。他所谓"神人"或"真人"，实即人格化了的灵魂。所谓"道"或"天"实即"灵魂"的代替字。灵魂是不生不灭的，是生命的本体，所以是真的，因之，反过来这肉体的存在便是假的。真的是"天"，假的是"人"。全套的庄子思想可说从这点出发。其他多多少少与庄子接近的，以贵己重生为宗旨的道家中各支派，又可说是从庄子推衍下来的情绪。把这些支派次第排列下来，我们可以发现神秘色彩愈浅，愈切近实际，陈义也愈低，低到一个极端，便是神仙家、房中家（此依《汉志》分类）等低级的变态的养形技术了。冯芝生先生曾经说，杨朱一派的贵生重己说仅仅是不伤生之道，而对于应付他人伤我的办法只有一避字诀。然人事万变无穷，害尽有不能避者。老子之学，乃发现宇宙间事物变化之通则，知之者能应用之则，可希望"没身不殆"。庄子之《人间世》亦研究在人世中，吾人如何可入其中而不受其害。然此等方法，皆不能保吾人以万全。盖人事万变无穷，其中不可见之因素太多故也。于是老学乃为打穿后壁之言曰：

吾所以有大患者，为吾有身。及吾无身，吾有何患？

此真大彻大悟之言。庄学继此而讲"齐死生，同人我"。不以害为害，于是害乃真不能伤。由上面的分析，冯先生下了一个结论，"老子之学，盖就杨朱之学更进一层，庄子之学，则更进二层也。"冯先生就哲学思想的立场，把杨老庄三家所陈之义，排列成如上的由粗而精的次第，是对的。我们现在也可就宗教思想的立场，说庄子的神秘色彩最重，与宗教最接近，老子次之，杨朱最切近现实，离宗教也最远，由杨朱进一步变为神仙房中诸养形的方技，再进一步，连用"渐"的方式来"养"形都不肯干，最好有种一服而"顿"即"变"形的方药，那便到了秦皇汉武辈派人求"不死药"的勾当了。庄和老是养神，杨朱可谓养生，神仙家中一派是养形，另一派是变形——这样由求灵魂不死变到求肉体不死，其手段由内功变到外功，外功中又由渐以至顿，——这便包括了战国、秦、汉间大部分的道术和方技，而溯其最初的根源，却是一种宗教的信仰。

除道家神仙家外,当时还有两派"显学",便是阴阳与墨家了。这两家与宗教的关系,早已被学者们注意到了,这里无须申论。我们现在应考核的,是二家所与发生关系的是种什么样的宗教——即上文所谓古道教,还是另一种或数种宗教。关于这一点,我们首先可以回答,他们是不属于儒家的宗教。由古代民族复杂的情形看去,古代的宗教应当不只一种。儒家虽不甘以宗教自命,其实也是从宗教衍化或解脱出来的,而这种宗教和古道教截然是两回事。什么是儒家的宗教呢?胡适之先生列举过古代宗教迷信的三个要点:

(一)一个有意志知觉,能赏善罚恶的天帝;

(二)崇拜自然界种种质力的迷信,如祭天地日月山川之类;

(三)鬼神的迷信,以为人死有知,能作祸福,故必须祭祀供养他们。

胡先生认为这三种迷信"可算得是古中国的国教,这个国教的教主是'天子'",并说"天子之名,乃是古时有此国教的铁证。"胡先生以这三点为古中国"国教"的中心信仰是对的,但他所谓"古中国"似乎是包括西起秦陇,东至齐鲁的整个黄河流域的古代北方民族,这一点似有斟酌的余地,傅孟真先生曾将中国古代民族分为东西两大系,是一个很重要的观察。(不过所谓东西当指他们远古时的原住地而言,后来东西互相迁徙,情形则较为复杂。)我以为胡先生所谓"国教",只可说是东方民族的宗教,也便是儒家思想的策源地。至于他所举的三点,其实只能算作一点,因为前二点可归并到第三点中去。所谓"以人死有知,能作祸福"的"鬼神迷信"确乎是宗教信仰的核心。其实说"鬼神迷信"不如单说"鬼的迷信",因为在儒家的心目中,神只是较高级的鬼,二者只有程度的悬殊,而无种类的差异。所谓鬼者,即人死而又似未死,能饮食,能行动。他能作善作恶,所以必须以祭祀的手段去贿赂或报答他。总之事鬼及高级鬼——神之道,一如事人,因为他即生活在一种不同状态中的人，他和生人同样，是一种物质，不是一种幻想的存在。明白了这一层，再看胡先生所举的第一点。既然那作为教主的人是"天子"——天之子，则"天"即天子之父，天子是"人"，则天子之父按理也必须是"人"了。由那些古代帝王感天而生的传说，也可以推到同样的结论。我们从东方民族的即儒家的经典中所认识的天，是个人格的天，那是毫不足怪的。这个天神能歆飨饮食，能作威作福，原来他只是由人死去的鬼中之最高级者罢了，天神即鬼，则胡先生的第一点便归入第三点了。

《鲁语》载着一个故事，说吴伐越，堕开会稽山，得到一块其大无比的骨头，碰巧吴使聘鲁，顺便就在宴会席上请教孔子。孔子以为那便是从前一位防风氏的诸侯的遗骸。他说：

山川之灵石足以纪纲天下者，其守为神，社稷之守为公侯，皆属于王者。

吴使又问："防风所守的是什么？"他又答道：

汪芒氏之君也，守封嵎之山者也，为漆姓，在虞、夏、商、周为汪芒氏，于周为长狄，今为大人。

这证明了古代东方民族所谓山川之神乃是从前死去了的管领那山川的人，而并非山川本身。依胡先生所说祭山川之类是"崇拜自然界种种质力的迷信"，那便等于说儒家是泛神论者了。其实他们的信仰中毫无这种意味。胡先生所举的第二点也可以归入第三点的。

儒家鬼神观念的真相弄明白了，我们现在可以转回去讨论道家了。上文我们已经说过道家的全部思想是从灵魂不死的观念推衍出来的，以儒道二家对照了看，似乎儒家所谓死人不死，是形骸不死，道家则是灵魂不死。形骸不死，所以要厚葬，要长期甚至于永远的祭祀。所谓"祭如在，祭神如神在"之在，乃是物质的存在。惟怕其不能"如在"，所以要设尸，以保证那"如在"的最高度的真实性。这态度可算执着到万分，实际到万分，也平庸到万分了。反之，道家相信形骸可死而灵魂不死，而灵魂又是一种非物质的存在，所以他对于丧葬祭祀处处与儒家立于相反的地位。《庄子·列御寇》篇载有庄子自己反对厚葬的一段话，但陈义甚浅，无疑是出于庄子后学的手笔。倒是汉朝"学黄老之术"而主张"裸葬以反真"的杨王孙发了一篇理论，真能代表道家的观念。

且夫死者终身之化，而物之归者也。归者得至，化者得变，是物各反其真也。反真冥冥，亡声亡形，乃合道情。夫饰外以华众，厚葬以鬲真，使归者不得至，化者不得变，是使物各失其所也。且吾闻之：精神者天之有也，形骸者地之有也。精神离形，各归其真，故谓之鬼，鬼之言归也。其尸块然独处，岂有知哉？裹以币帛，鬲以棺，支体络束，口含玉石，欲化不得，郁为枯腊，千载之后，棺椁腐朽，乃得归土，就其真宅，繇是言之，焉用久客？

这完全是形骸死去，灵魂永生的道理，灵魂既是一种"无形无声"超自然的存在，自然也用不着祭祀的供养了。所以儒家的重视祭祀，又因祭祀而重视礼文，在道家看来，真是太可笑了。总之儒家是重形骸的，以为死后，生命还继续存在于形骸，他们不承认脱离形骸后灵魂的独立存在。道家是重视灵魂的，以为活时生命暂寓于形骸中，一旦形骸死去，灵魂便被解放出来，而得到这种绝对自由的存在，那才是真的生命。这对于灵魂的承认与否，便是产生儒道二家思想的两个宗教的分水岭。因此二派哲学家思想中的宇宙论，人生论，或知识论，以至于政治思想等，无不随着这宗教信仰上先天的差别背道而驰了。

作为儒道二家的前身的宗教信仰既经判明了，我们现在可以回到阴阳家与墨家了。阴阳家的学说本身是一种宇宙论，就其性质讲，与儒家远而与道家近，是一望而知的。至于他们那天人相应的理论，则与庄子返人于天之说极相似，所以尽可以假定阴阳家与道家是同出于一个原始的宗教的，司马谈论道家曰：

其为精也，因阴阳之大顺，采儒墨之善，撮名法之要。

这里分明是以阴阳家思想为道家的思想的主体或间架，而认儒墨名法等只有补充修正的副加作用。这也许是受阴阳家影响之后的道家的看法。然即此也可见阴阳家与道家的血缘，本来极近，所以他们的结合特别容易。钱宾四先生曾说"墨氏之称墨，由于薄葬"，我以为称墨与薄葬的关系如何还难确定，薄葬为墨家思想的最基本的核心，却是可能的，若谓"薄葬"之义生于"节用"，那未免把墨家看得太浅薄了。何况节用很多，墨子乃专在丧葬上大做文章，岂不可怪？我疑心节葬的理论是受了重灵魂轻形骸的传统宗教思想的影响，把节葬与节用连起来讲，不如把它和墨家重义轻生的态度看作一贯的发展，斤斤于"身体发肤，受之父母，不敢毁伤"的儒家，虽也讲"杀身成仁"，但那究竟是出于不得已。墨家本有轻形骸的宗教传统，所以他们蹈汤赴火的姿态是自然的，情绪是热烈的，与儒家真不可同日而语。墨家在其功利主义上虽与儒家极近，但这也可说是墨子住在东方，接受了儒家的影响，在骨子里墨与道要调和得多，宋钘、尹文不明明是这两派间的桥梁吗？我疑心墨家也是与道家出于那古道教的。《庄子·天下》篇的作者把墨翟、禽滑厘也算作曾经闻过古之道术，与宋钘、尹文、彭蒙、田骈、慎到、关尹、老聃、庄周等一齐都算作知"本数"的，而认"邹鲁之士，搢绅先生"所谈的只是"末度"，《天下》篇的作者显然认为墨家都在道家的圈子里，只有儒家当除外。他又说"道术将为天下裂"，然则百家（对儒而言）本是从一个共同的道分裂出来的，这个未分裂以前的"道"是什么？莫非就是所谓古道教吧！这古道教如果真正存在的话，我疑心它原是中国古代西方某民族的宗教，与那儒家所从导源的东方宗教比起来，这宗教实在超卓多了，伟大多了，美丽多了，姑无论它的流裔是如何没出息！

说 舞

一场原始的罗曼司

假想我们是在参加着澳洲风行的一种科罗泼利（Corro Borry）舞。

灌木林中一块清理过的地面上，中间烧着野火，在满月的清辉下吐着熊熊的赤焰。现在舞人们还隐身在黑暗的丛林中从事化装。野火的那边，聚集着一群充当乐队的妇女。忽然林中发出一种坼裂声。紧跟着一阵沙沙的磨擦声——舞人们上场了。闯入火光圈里来的是三十个男子，一个个脸上涂着白垩，两眼描着圈环，身上和四肢画着些长的条纹。此外，脚踝上还系着成束的树叶，腰间围着兽皮裙。这时那些妇女已经面对面排成一个马蹄形。她们完全是裸着的。每人在两膝间绷着一块整齐的鼠皮。舞师呢，他站在女人们和野火之间，穿的是通常的鼠皮围裙，两手各执一棒。观众或立或坐的围成一个圆圈。

舞师把舞人们巡视过一遭之后，就回身走向那些妇女们。突然他的棒子一拍，舞人们就闪电般的排成一行，走上前来。他再视察一番，停了停等行列完全就绪了，就发出信号来，跟着他的木棒的拍子，舞人们的脚步移动了，妇女们也敲着鼠皮唱起歌来。这样，一场科罗泼利便开始了。

拍子愈打愈紧，舞人的动作也愈敏捷，愈活泼，时时扭动全身，纵得很高，最后一齐发出一种尖锐的叫声，突然隐入灌木林中去了。场子空了一会儿。等舞师重新发出信号，舞人们又再度出现了。这次除舞队排成弧形外，一切和从前一样。妇女们出来时，一面打着拍子，一面更大声的唱，唱到几乎嗓子都要裂了，于是声音又低下来，低到几乎听不见声音。歌舞的尾声和第一折相仿佛。第三，四，五折又大同小异的表演过了。但有一次舞队是分成四行的，第一行退到一边，让后面几行向前迈进，到达妇人们面前，变作一个由身体四肢交锁成的不可解的结，可是各人手中的棒子依然在飞舞着。你直害怕他们会打破彼此的头，但是你放心，他们的动作无一不遵守着严格的规律。决不会出什么岔子的。这时情绪真紧张到极点，舞人们在自己的噪呼声中，不要命的顿着脚跳跃，妇女们也发狂似的打着拍子引吭高歌。响应着他们的热狂的，是那高独云空的火光，急雨点似的劈拍的喷射着火光。最后舞师两臂高举，一阵震耳的掌声，舞人们退场了，妇女和观众也都一哄而散，抛下一片清冷的月光，照着野火的余烬渐渐熄灭了。

这就是一场澳洲的科罗泼利舞，但也可以代表各地域各时代任何性质的原始舞，因为它们的目的总不外乎下列这四点：（一）以综合性的形态动员生命，（二）以律动性的本质表现生命，（三）以实用性的意义强调生命，和（四）以社会性的功能保障生命。

综合性的形态

舞是生命情调最直接,最实质,最强烈,最尖锐,最单纯而又最充足的表现。生命的机能是动,而舞便是节奏的动,或更准确点,有节奏的移易地点的动,所以它直是生命机能的表演。但只有在原始舞里才看得出舞的真面目,因为它是真正全体生命机能的总动员,它是一切艺术中最大综合性的艺术。它包有乐与诗歌,那是不用说的。它还有造型艺术,舞人的身体是活动的雕刻,身上的文饰是图案,这也都显而易见。所当注意的是,画家所想方法而不能圆满解决的光的效果,这里藉野火的照明,却轻轻的抓住了。而野火不但给了舞光,还给了它热,这触觉的刺激更超出了任何其它艺术的性能。最后,原始人在舞的艺术中最奇特的创造,是那月夜丛林的背景对于舞场的一种镜框作用。由于框外的静与暗,和框内的动与明,发生着对照作用,使框内一团声音光色的活动情绪更为集中,效果更为强烈,藉以刺激他们自己对于时间(动静)和空间(明暗)的警觉性,也便加强了自己生命的实在性。原始舞看来简单,唯其简单,所以能包含无限的复杂。

律动性的本质

上文说舞是节奏的动,实则节奏与动,并非二事。世间决没有动而不成节奏的,如果没有节奏,我们便无从判明那是动。通常所谓"节奏"是一种节度整齐的动,节度不整齐的,我们只称之为"动",或乱动,因此动与节奏的差别,实际只是动时节奏性强弱的程度上的差别。而并非两种性质根本不同的东西。上文已说过,生命的机能是动,而舞是有节奏的移易地点的动,所以也就是生命机能的表演。现在我们更可以明白，所谓表演与非表演，其间也只有程度的差别而已。一方面生命情绪的过度紧张，过度兴奋，以至成为一种压迫，我们需要一种更强烈，更集中的动，来宣泄它，和缓它，一方面紧张与兴奋的情绪，是一种压迫，也是一种愉快，所以我们也需要在更强烈，更集中的动中来享受它。常常有人讲，节奏的作用是在减少动的疲乏。诚然，但须知那减少疲乏的动机，是积极而非消极的，而节奏的作用是调整而非限制。因为由紧张的情绪发出的动是快乐，是可珍惜的，所以要用节奏来调整它，使它延长，而不致在乱动中轻轻浪费掉。甚至这看法还是文明人的主观，态度不够积极。节奏是为减轻疲乏的吗？如果疲乏是讨厌的，要不得的，不如干脆放弃它。放弃疲乏并不是难事，在那月夜，如果怕疲乏，躺在草地上对月亮发愣，不就完了吗？如果原始人真怕疲乏，就干脆没有舞那一套，因为无论怎样加以调整，最后疲乏总是要来到的，不，他们的目的是在追求疲乏，而舞（节奏的动）是达到那目的最好的通路。一位著者形容新南威尔斯土人的舞说："……鼓声渐渐紧了，动作也渐渐快了。直至达到一种如闪电的速度。随时全体一跳跳到半空，当他们脚尖再触到地面时，那分开着的两腿上的肉腓，颤动得直使那白垩的条纹，看去好像蠕动的长蛇，同时一阵强烈的嘶声充满空中（那是他们的喘息声）。"非洲布须曼人的摩科马舞（Mokoma）更是我们不能想像的。"舞者跳到十分疲劳，浑身淌着大汗，口里还发出千万种叫声，身体做着各种困难的动作，以至一个一个的，跌倒在地上，浴在源源而出的鼻血泊中。因此他们便叫这种舞叫'摩科马'意即血出的舞"。总之，原始舞是一种剧烈的，紧张的，疲劳性的动，因为只有这样他们才体会到最高限度的生命情调。

实用性的意义

西方学者每分舞为模拟式的与操练式的二种，这又是文明人的主观看法。二者在形式上既无明确的界线，在意义上尤其相同。所谓模拟舞者，其目的，并不如一般人猜想的，在模拟的技巧本身而是在模拟中所得的那逼真的情绪。他们甚至不是在不得已的心情下以假代真，或在客观的真不可能时，乃以主观的真权当客观的真。他们所求的只是那能加强他们的生命感的一种提练的集中的生活经验——一杯能使他们陶醉醇醴的酷烈的酒。只要能陶醉，那酒是真是假，倒不必计较，何况真与假，或主观与客观，对他们本没有多大区别呢！他们不困舞中的"假"而从事于舞，正如他们不以巫术中的"假"而从事巫术。反之，正因他们相信那是真，才肯那样做，那样认真的作（儿童的游戏亦复如此）。既然因日常生活经验不够提练与集中，才要借艺术中的生活经验——舞来获得一醉。那么模拟日常生活经验，就模拟了它的不提练与集中，模拟得愈像，便愈不提练，愈不集中，所以最彻底的方法，是连模拟也放弃了，而仅剩下一种抽象的节奏的动，这种舞与其称为操练舞，不如称为"纯舞"，也许还比较接近原始心理的真相。一方面，在高度的律动中，舞者自身得到一种生命的真实感（一种觉得自己是活着的感觉），那是一种满足。另一方面，观者从感染作用，也得到同样的生命的真实感，那也是一种满足，舞的实用意义便在这里。

社会性的功能

或由本身的直接经验（舞者），或者感染式的间接经验（观者），因而得到一种觉着自己是活着的感觉，这虽是一种满足，但还不算满足的极致，最高的满足，是感到自己和大家一同活着，各人以彼此的"活"互相印证，互相支持，使各人自己的"活"更加真实，更加稳固，这样满足才是完整的，绝对的。这群体生活的大和谐的意义，便是舞的社会功能的最高意义，由和谐意识而发生一种团结与秩序的作用，便是舞的社会功能的次一等的意义。关于这点，高罗斯（Ernest Groose）讲得最好："在跳舞的白热中，许多参与者都混成一体，好像是被一种感情所激动而动作的单一体。在跳舞期间，他们是在完全统一的社会态度之下，舞群的感觉和动作正像一个单一的有机体。原始跳舞的社会意义全在乎统一社会的感应力。他们领导并训练一群人，使他们在一种动机，一种感情之下，为一种目的而活动（在他们组织散漫和不安定生活状态中，他们的行为常被各个不同的需要和欲望所驱使）。它至少乘机介绍了秩序和团结给这狩猎民族的散漫无定的生活中。除战争外，恐怕跳舞对于原始部落的人，是唯一的使他们觉着休戚相关的时机。它也是对于战争最好的准备之一，因为操练式的跳舞有许多地方相当于我们的军事训练。在人类文化发展上，过分估计原始跳舞的重要性，是一件困难的事。一切高级文化，是以各个社会成分的一致有秩序的合作为基础的，而原始人类却以跳舞训练这种合作。"舞的第三种社会功能更为实际。上文说过，主观的真与客观的真，在原始人类意义中没有明确的分野。在感情极度紧张时，二者尤易混淆，所以原始舞往往弄假成真，因为发生不少的暴行。正因假的能发生真的后果，所以他们常常因假的作为钩引真的媒介。许多关于原始人类战争的记载，都说是以跳舞开场的，而在我国古代，武王伐纣前夕的歌舞，即所谓"武宿夜"者，也是一个例证。

一九四四年三月

人民的诗人——屈原

　　古今没有第二个诗人像屈原那样曾经被人民热爱的。我说"曾经",因为今天过着端午节的中国人民,知道屈原这样一个人的实在太少,而知道《离骚》这篇文章的更有限。但这并不妨碍屈原是一个人民的诗人。我们也不否认端午这个节日,远在屈原出世以前,已经存在,而它变为屈原的纪念日,又远在屈原死去以后。也许正因如此,才足以证明屈原是一个真正的人民诗人。惟其端午是一个古老的节日,"和中国人民同样的古老,"足见它和中国人民的生活如何不可分离,惟其中国人民愿意把他们这样一个重要的节日转让给屈原,足见屈原的人格,在他们生活中,起着如何重大的作用。也惟其远在屈原死后,中国人民还要把他的名字,嵌进一个原来与他无关的节日里,才足见人民的生活里,是如何的不能缺少他。端午是一个人民的节日,屈原与端午的结合,便证明了过去屈原是与人民结合着的,也保证了未来屈原与人民还要永远结合着。是什么使得屈原成为人民的屈原呢?

　　第一,说来奇怪,屈原是楚王的同姓,却不是一个贵族。战国是一个封建阶级大大混乱的时期，在这混乱中，屈原从封建贵族阶级，早被打落下来，变成一个作为宫廷弄臣的卑贱的伶官，所以，官爵尽管很高，生活尽管和王公们很帖近，他，屈原，依然和人民一样，是在王公们脚下被践踏着的一个。这样，首先在身分上，屈原便是属于广大人民群众的。

第二，屈原最主要的作品——《离骚》的形式，是人民的艺术形式，"一篇题材和秦始皇命博士所唱的《仙真人诗》一样的歌舞剧"。虽则它可能是在宫廷中演出的。至于他的次要的作品——《九歌》，是民歌，那更是明显，而为历来多数的评论家所公认的。

第三，在内容上，《离骚》"怨恨怀王，讥刺椒兰"，无情的暴露了统治阶层的罪行，严正的宣判了他们的罪状，这对于当时那在水深火热中敢怒而不敢言的人民，是一个安慰，也是一个兴奋。用人民的形式，喊出了人民的愤怒，《离骚》的成功不仅是艺术的，而且是政治的，不，它的政治的成功，甚至超过了艺术的成功，因为人民是最富于正义感的。

但，第四，最使屈原成为人民热爱与崇敬的对象的，是他的"行义"，不是他的"文采"。如果对于当时那在暴风雨前窒息得奄奄待毙的楚国人民，屈原的《离骚》唤醒了他们的反抗情绪，那么，屈原的死，更把那反抗情绪提高到爆炸的边沿，只等秦国的大军一来，就用那溃退和叛变的方式，来向他们万恶的统治者，实行报复性的反击（楚亡于农民革命，不亡于秦兵，而楚国农民的革命性的优良传统，在此后陈胜吴广对秦政府的那一著上，表现得尤其清楚）。历史决定了暴风雨时代必然要来到，屈原一再的给这时代执行了"催生"的任务。屈原的言，行，无一不是与人民相配合的，虽则也许是不自觉的。有人说他的死是"匹夫匹妇自经于沟壑"，对极了，匹夫匹妇的作风，不正是人民革命的方式吗？

以上各条件，若缺少了一件，便不能成为真正的人民诗人。尽管陶渊明歌颂过农村，农民不要他，李太白歌颂过酒肆，小市民不要他，因为他们既不属于人民，也不是为着人民的。杜甫是真心为着人民的，然而人民听不懂他的话。屈原虽没写人民的生活，诉人民的痛苦，然而实质的等于领导了一次人民革命，替人民报了一次仇。屈原是中国历史上唯一有充分条件称为人民诗人的人。

一九四五年六月

文学馆

散文

闻一多精品选

五四运动的历史法则

大家都知道，近百年来，中国社会是处于一种半封建性半殖民地性的状态中。封建的主人地主官僚与殖民国的主人帝国主义，这两个势力之能够同时并存于我们这里，已经说明了它们之间的一种奇异的关系，一种相反而又相成，相克而又相生的矛盾关系。在剥削人民的共同目的上，它们利害相同，所以能够互相结合，互相维护，同时分赃不匀又使它们利害冲突而不能不互相龃龉。然而它们却不能决裂。因为，他们知道，假如帝国主义独占了中国，任凭它的武器如何锋利，民族的仇恨会梗塞着它的喉头，使它不能下咽，假如封建势力垄断了中国，那又只有加深它自己的崩溃，以致在人民革命势力之前，加速它自己的灭亡。总之，被压迫被榨取的，究竟是"人"，而人是有反抗性的，反抗而团结起来，便是力量，不是民族的力量，便是民主的力量，这些对于帝国主义或封建势力，都是很讨厌的东西。于是他们想好分工合作，让地主官僚出面而执行榨取的任务，以缓和民族仇恨。（这是帝国主义借刀杀人！）让帝国主义一手把着枪炮，一手提着钱袋，站在背后保镖，以软化民主势力。（这是地主官僚狗仗人势！）它们是聪明的，因为，虽然它们的欲壑都有着垄断性与排他性，它们都愿意极力克制这些，彼此互相包容，互相照顾，互相妥协，而相安于一种近乎均势的状态中。果然，愈是这样，它们的寿命愈长，那就是说，惟其是半封建，半殖民地，中国人民的解放才愈难实现。

可是，帝国主义和封建势力的寿命偏是不能长，而中国人民毕竟非解放不可！基于资本主义国家间内在的矛盾，帝国主义对中国的威力大大的受了制约，矛盾尖锐化到某种程度，使它们自相火并起来，帝国主义就得暂时退出中国。帝国主义退出了中国，人民的对手便由两个变成一个，这便好办了，只要让人民和封建势力以一比一的力量来决斗，最后胜利定属于人民。我说最后胜利，因为一上来，封建势力凭了它那优势的据点和优势的武器，确乎来势汹汹，几乎有全盘胜利的把握。但它究竟是过了时的乏货，内部的腐化将逼得它最后必需将据点放弃，武器交出，而归于失败。五四运动及其前前后后，便是这个历史事实的具体说明。

一九一四年以前，活动于中国政治经济战场上的，是一种三角斗争，包括（一）各个字号的帝国主义，（二）以袁世凯为中心的封建残余势力，以及（三）代表人民力量的市民层民主革命的两股潜伏势力，（甲）国民党政治集团，（乙）北京大学文化集团。那时三个力量中，帝国主义势焰最大，封建势力仅次于帝国主义，政治上代表人民愿望的国民党几乎是在苟延残喘的状态中保持着一线生机，至于作为后来文化革命据点的北京大学，在政治意义上，更是无足轻重。但等一九一四年欧洲帝国主义国家内在的矛盾，尖锐化到不能不爆发为第一次世界大战，中国的情形便大变了。欧洲列强，不论是协约国或同盟国，为着忙于上前线进攻，或在后方防守，忽然都退出了，中国社会的本质，便立时由半封建半殖民地，变为约当于百分之九十的封建，百分之十的殖民地（这百分之十的主人，不用说，就是日本），于是袁世凯和他的集团忽然交了红运，可是袁世凯的红运实在短得可怜，而他的余孽北洋军阀的红运也不太长。真正走红运的倒是人民，你不记得仅仅距袁氏称帝后四年，督军解散国会和张勋复辟后二年，向封建势力突击的文化大进军，五四运动便出现了吗？从此中国土地上便不断涌着波澜日益壮阔的民主怒潮，终于使国民革命军北伐成功，北洋军阀彻底崩溃。这时人民力量不但铲除了军阀，还给刚从欧洲抽身回来的帝国主义吃了不少眼前亏。请注意：帝国主义突然退出，封建势力马上抬头，跟着人民的力量就将它一把抓住，经过一番苦斗，终于将它打倒——这历史公式，特别在今天，是值得我们深深玩味的！

谁说历史不会重演？虽然在细节上，今天的"五四"不同于二十六年前的"五四"，可是在主要成分上，两个时代几乎完全是一样的。第二次世界大战爆发，欧洲帝国主义退出，于是中国半殖民地的色彩取消了，半封建便一变而为全封建，（请在复古空气和某种隆重礼物的进献中注意筹安会的鬼，还有这群鬼群后的袁世凯的鬼！）现在封建势力正在嚣张的时候，可是，人民也没有闲着，代表人民愿望，发挥人民精神，唤醒人民力量的政治，文化种种集团也都是不缺少，满天乌云，高耸的树梢上已在沙沙发响，近了，更近了，暴风雨已经来到，一场苦斗是不能避免的。至于最后的胜利，放心吧——有历史给你做保证。

历史重演，而又不完全重演。从二十六年前的"五四"，到今天不同于二十六年前的"五四"，恰是螺旋式的进展了一周。一切都进了步了。今天帝国主义的退出，除了实际活动力量与机构的撤退，还有不平等条约的取消，中国人卖身契的撕毁。这回帝国主义的退出是正式的，至少在法律上，名义上是绝对的，中国第一次，坐上了"列强"的交椅。帝国主义进一步的撤退，是促使或放纵封建势力进一步的伸张的因素，所以随着帝国主义的进步，封建势力也进步了。战争本应使一个国家更加坚强，中国却愈战愈腐化，这是什么缘故？原来腐化便是封建势力的同义语，不是战争，而是封建余毒腐化了中国。今天政治经济，社会，文化的腐化方面，比二十六年前更变本加厉，是公认的事实。时髦的招牌和近代化的技术，并不能掩饰这些事实，反之，都是加深腐化的有力工具，和保育毒菌的理想温度。然而封建势力的进步，必然带来人民力量的进步，这可分四方面讲。（一）西南大后方市民阶层的民主运动。这无论在认识上，组织上或进行方法上，比起五四时代都进步多了，详情此地不能讨论。（二）敌后的民主中国，这个民主的大本营，论成绩和实力，远非五四时代以来所能比拟，是人人都知道的。（三）封建势力内部的醒觉分子。这部分民主势力，现在还在潜伏期中，一旦爆发，它的作用必然很大。这是五四时代几乎完全没有过的一种势力，今天在昆明，它尤其被一般人所忽略。以上三种力量都是自觉的，另有一种不自觉的，但也许比前三者更强大的力量，那便是（四）大后方水深火热中的农民，虽然他们不懂什么是民主，但是谁逼得他们活不下去，他们是懂得的。五四时代，因帝国主义退出，中国民族工业得以暂时繁荣，一般说来，人民的生活是走上坡路的。今天的情形，不用说，和那时正相反。这情形是政治腐化的结果，而政治腐化的责任，正如上文所说，是不能推在抗战身上的。半个民主的中国不也在抗战吗？而且抗得更多，人民却不饿饭（还不要忘记那本是中国最贫瘠的区域之一）。原来抗战在我们这大后方是被人利用了，当作少数吸血的工具利用了。黑幕已经开始揭露，血债早晚是要还清的，到那时，你自会认识这股力量是如何的强大。

　　帝国主义的进步，封建势力的进步，结果都只为人民的进步造了机会，为人民的胜利造了机会。不管道路如何曲折，最后胜利永远是属于人民的，二十六年前如此，今天也如此。在"五四"的镜子里，我们看出了历史的法则。

一九四五年四月二十七日

五四断想

　　旧的悠悠死去，新的悠悠生出，不慌不忙，一个跟一个，——这是演化。

　　新的已经来到，旧的还不肯去，新的急了，把旧的挤掉，——这是革命。

　　挤是发展受到阻碍时必然的现象，而新的必然是发展的，能发展的必然是新的，所以青年永远是革命的，革命永远是青年的。

　　新的日日壮健着（量的增长），旧的日日衰老着（量的减耗），壮健的挤着衰老的，没有挤不掉的。所以革命永远是成功的。

　　革命成功了，新的变成旧的，又一批新的上来了。旧的停下来拦住去路，说："我是赶过路程来的，我的血汗不能白流，我该歇下来舒服舒服。"新的说："你的舒服就是我的痛苦，你耽误了我的路程，"又把他挤掉，……如此，武戏接二连三的演下去，于是革命似乎永远"尚未成功"。

　　让曾经新过来的旧的，不要只珍惜自己的过去，多多体念别人的将来，自己腰酸腿疼，拖不动了，就赶紧让。"功成身退，"不正是光荣吗？"后生可畏，焉知来者之不如今也！"这也是古训啊！

其实青年并非永远是革命的，"青年永远是革命的"这定理，只在"老年永远是不肯让路的"这前提下才能成立。

革命也不能永远"尚未成功"。几时旧的知趣了，到时就功成身退，不致阻碍了新的发展，革命便成功了。

旧的悠悠退去，新的悠悠上来，一个跟一个，不慌不忙，哪天历史走上了演化的常轨，就不再需要变态的革命了。

但目前，我们用"挤"来争取"悠悠"，用革命来争取演化。"悠悠"是目的，"挤"是达到目的的手段。

于是又想到变与乱的问题，变是悠悠的演化，乱是挤来挤去的革命。若要不乱挤，就只得悠悠的变。若是该变而不变，那只有挤得你变了。

子在川上，曰："逝者如斯乎，不舍昼夜！"古训也发挥了变的原理。

人民的世纪——今天只有"人民至上"才是正确的口号

廿六年的光阴似乎白费了。今年我们这样热烈的迎接"五四",证明我们还需要它,不,我们今天需要的,是一个比当年更坚强,更结实的"五四",因为,很简单,今天的局面更严重了。

在说明这一点前,有一个观念得先弄弄明白,那便是多年来人们听惯了那个响亮的口号"国家至上",国家究竟是什么?今天不又有人说是"人民的世纪"吗?假如国家不能替人民谋一点利益,便失去了它的意义,老实说,国家有时候是特权阶级用以巩固并扩大他们的特权的机构。假如根本没有人民,就用不着土地,也就用不着主权。只有土地和主权都属于人民时,才讲得上国家,今天只有"人民至上",才是正确的口号。

知道国家并不等于人民,知道国家与人民的对立,才好进而比较今天和二十六年前的中国。

二十六年前的中国,国家蒙受绝大的耻辱,人民的地位却暂时提高了。第一次世界大战中袁世凯和日本帝国主义签订的二十一条件,是国家主权的重大损失，中国一心想趁巴黎和会的机缘把它收回，而终归失败，这对国家是直接的损失，对人民，老实说，并没有多大影响，而因了欧洲发生战事，帝国资本主义暂时退出，中国民族工业却侥幸的得着一个繁荣机会，这对于人民的经济生活，倒是有一点实惠。今天情形和二十六年前，恰好是个反比例，国家在四强之一的交椅上，总算出了从来没有出过的风头，人民则过着比战前水准更低的生活。英美不但将治外法权自动取消，而且看样子美国还要非替中国收复失地不可，八年抗战，中国国家的收获不能算少，然而于人民何所有？老百姓的负担加重了，农民的生活尤其惨，国家所损失的已经取偿于人民，万一一块块的土地和人民赖以生存的物资连同人民一块儿丢给敌人，于国家似乎也无关痛痒，今天我才明白，所谓中国愈战愈强，大概强的是国家而不包括人民。

二十六年前，我们的国家还不大明白主权之所属，所以还不惜拿一大堆关系自己命脉的主权去为一个人换一顶过时的，褪色而戴起了并不舒服的皇冕，结果那人皇冕没有戴上，国家的主权已经失了，若不是人民起来一把拦住，还差点在卖身契上亲自打下手印，当然人民之所以这样做，当然以为主权还有着自己很大的分儿，所以实际上，那回是人民帮了国家一个大忙。虽则国家和人民都不知道。

经过二十六年的学习与锻炼，国家聪明了，它知道主权之可贵，所以对既失的主权，想尽方法向帝国主义索回，一方面对于未失去的主权，尽量从人民手里集中到自己手里来，有时它还会使点权衡，牺牲点尚未集中的主权给邻居，这是因为除非是集中了主权不能算是它自己的主权，它当然也知道向人民不断的保证：凡是主权都是人民的，叫人民献出一切，缩紧腰带，拼了老命，捍卫了国家，自己却一无所得，连原有难足维持的生活的那点，都要丢光，这样，目前的国家和人民便对立起来了。

然而二十六年的光阴对人民也不能说是完全白费。至少，人民学了不少的乖,"上一回学,当一回乖",人民永远是上当的,所以人民永远是进步的。

进一步的认识便是进一步的力量,所以今天我们期待着的"五四"是一个比二十六年前更坚强更结实的"五四",我们要争取民主的国家,因为这是一个人民的世纪呀!

妇女解放问题

认清楚对象

　　争取妇女解放的对象该是整个社会而不是男性。一切问题都是这不合理的社会所产生，都该去找社会去算帐。但社会是看不见的，在这里只能用个人的想象来把它看成一个集体的东西——房屋。我们在这房屋中间生活了几千年，每人都被安放在一个角落上，有的被放得好，放得正，生活过得舒服，有的被放得不正，生活不舒服，就想法改良反抗，于是推推挤挤拿旁人来出气，其实，旁人也没有办法，也不能负责的，这是整个社会结构的问题，就像一座房屋，盖得既不好，年代又久了，住得不舒服，修修补补是没有用处的，就只有小心地把房屋拆下，再重新按照新的设计图样来建筑。对于社会而言，这种根本的办法，就是"革命"。革命并非毁灭，只是小心地把原料拆下来，重新照新计划改造。所以计划得很好的革命，并不是太大的事情。

奴隶制度产生的因素有二：
一是种族，二是两性

现在的社会是不合理的，因为这社会里有阶级，阶级的产生由于奴隶制度。奴隶制度产生的因素有两个，一是种族，二是两性。在两个种族打仗的时候，甲族的人被乙族的俘去了，作为生产工具，即是奴隶，原来平等的社会就开始分裂成主奴两个阶级。奴隶的数目愈来愈多的时候，这两个阶级的分别也愈为明显，倘没有另外的种族，那末一切不平等，阶级产生的可能性也可减少。其次，问到最初被俘的甲族人是男的还是女的，回答说是女的。被俘来的不仅作奴隶，还可作妻子。因为在图腾社会中有一种很重要的制度叫"外婚制"，就是男子不能和他本族的女子结婚，一定得找外族的女子作配偶。在这制度下两族本可交换女子结婚，但因古代婚姻，不单是解决两性的问题，重要的还是经济的问题，大家都需要生产，劳动力，女子在未嫁前帮娘家做活，娘家当然不愿她出嫁而减少一个帮手，使自己受到损失，所以老把女儿留在家里。但另一边同样急切地需要她去生产孩子，在这争持的情形下，产生了抢婚的行为，她既是被抢来的生产工人，便怕她逃回去，或被娘家的人抢回，才用绳子捆起，成为这族的奴隶，所以谈到奴隶制度时，两性的因素不可缺少，甚至"奴隶制"是"外婚制"的发展呢！

女性·奴性和妓性

中国的古人造字，"女"字是"㑇"，或"㑇"，象征绳子把坐着的人捆住，而"女"字和"奴"字在古时不但声音一样，意义也相同，本来是一个字，只是有时多加一只手牵着"㑇"而已，那时候，未出嫁的女儿叫"子",出嫁后才叫"女"或"奴",所以妇女的命运从历史的开始起就这么惨了。

现在的社会里,奴隶已逐渐解放了,最先被解放的奴隶是距主人最远的农业奴隶,主人住在城里,他们住在乡间。其次被解放的是贵族的工商职奴隶,主人住在内城,他们住在外城。再其次是在主人身边伺候主人的听差老妈子,而资格最老,历史最久的奴隶——妇女——却还没有得到解放,因为她们和她们的主子——丈夫——的距离太近,关系太密切了,而且生活过得也还可以,不觉得要解放。

从历史上看中国的女性,就是奴性的同义字,三从四德就是奴性的内容。再不客气地说一句,近代西洋女性的妓性比较起来也好不了多少,只是男女关系不固定些而已。奴则老是呆在家里,不准外出,而且固定屈于一个男子,妓则要自由得多,妓因有被迫去当的,但自动去当妓,多少带点反抗性,所以近代西洋的妓性比中国的奴性要好一点,因为已解放了一纲,只是不彻底而已。

真女性应该从母性出发而不从妻性出发

彻底解放了的新女性应该是真女性,我们先设想在奴隶社会没开始时的那个没有阶级,没有主奴关系的社会,真女性就该以那社会中的天然的,本来的,真正的女性做标准。有人说女子总是女子,在生理上和男子不同,就进化来证明女子该进厨房,其实是不对的,根据人类学,在原始时的女性中心社会里的女子,长得和这时代的女子不同,胸部挺起,声量宽洪,性格刚强,而那时候的男子反因坐得久了,脂肪积储在下体,使臀部变大,同时又因须抚养儿女,性情温柔,声音细弱,所以除了女子能生育而产生母子关系而外,和男子并没有什么不同。真女性就应该从母性出发而不从妻性出发(从妻性出发不成为奴即成为妓)。

母亲对待儿子总是慈爱的，愿为儿子操劳，忍耐，甚至勇敢地牺牲，从母性出发的真女性是刚强的，具有一切美德如：仁慈，忍耐，勇敢，坚强。就是雌性的动物在哺乳的时候，总是比雄的还来得凶，来得可怕，俗语中的"母大虫"，"雌老虎"，古书上称猎得乳虎的做英雄，都是这个意思。女子彻底解放以后，将来的文化要由女子来领导，一切都以妇女为表率，为模范，为中心。

我们不反对女子中看又中用 但最要紧的还是中用

妇女的解放，并不是个人的努力所能成功的，必须从整个社会下手，拆下旧房屋，再按照新计划去盖造，使成为没有阶级，没有主奴关系的社会。历史照螺旋形发展，从当初开始有奴隶的社会到今天刚好绕了一圈，现在又要到没有奴隶的社会了，这并不是进化，不过这得有理想，有魄力，才能改变到一个新社会。三千年来的历史全错了，要是有一点地方对的，也是偶然碰上了而已。我的这种想法也许有点大胆，有点浪漫；但在这些地方——譬如苏联，已经试验成功了。台维斯的《出使莫斯科记》里说："美国的女子中看不中用，苏联的女子中用不中看。"苏联女子就是从母性出发的真女性，是实际有用的，并不是供人看看的花瓶。当然我们不反对女子中看又中用，但最要紧的还是中用，倘以中看为标准而做去，充其量，只是表现出妓性。还有《延安一月》的作者告诉我们延安的妇女已不像女性，也就是说延安的妇女是真正解放了，已不再是奴隶了。现在既有具体的，试验成功的榜样供大家学习，为什么还躲在这社会里呻吟而逃避呢？毕竟妇女解放问题被提出了，热烈地展开讨论了，表示妇女解放的条件已成熟，离真正解放的日子也不远了，一旦妇女真正解放，文化也就变成新的，文学艺术各部门都要以新姿态出现了！

谨防汉奸合法化

百年以来，中华民族的历史是一部不断的反帝国主义封建的斗争史，八年抗战依然是这斗争的继续。由于帝国主义与封建势力永远是互相勾结，狼狈为奸的，所以两种斗争永远得双管齐下。虽则在一定的阶段中，形式上我们不能不在二者之中选出一个来作为主要的斗争的对象，但那并不是说，实质上我们可以放松其余那一个。而且斗争愈尖锐，他们二者团结得也愈紧，抓住了一个，其余一个就跑不掉，即令你要放走他，也不可能。这恰好就是目前的局势。对外民族抗战阶段中的敌伪，就是对内民主革命阶段中的帝（国主义）封（建势力），这是无须说明的，而目前的敌伪，早已在所谓"共荣圈"中，变成了一个浑一的共同体，更是鲜明的事实。现在日寇已经投降，惩治日寇战犯的办法，固然需待同盟国共同商讨，但惩治汉奸是我们自己的事，然而直到今天，我们还没有听见任何关于处理汉奸的办法。

当初我们那样迫切要求对日抗战，一半固然因为敌人欺我太甚，一半也是要逼着那些假中国人和抱着委屈勉强做中国人的中国人，索性都滚到他们主子那边去，让我们阵线上黑白分明，便于应战，并且到时候，也好给他们一网打尽。果然抗战爆发，一天一天，汉奸集团愈汇愈大，于是一年一年，一个伪组织又一个伪组织，一批伪军又一批伪军。但是那时我们并不着急，我们只有高兴，因为，正如上面所说，这样的战术上是于我们绝对有利的。可是到了今天，八年浴血苦斗所争来的黑白，恐怕又要被搅成八年以前黑白不分的混沌状态了。这种现象是中国人民所不能忍受的。硬把汉奸合法化了，只是掩耳盗铃的笨拙的把戏，事实的真相，每个人民心头是雪亮的。并且按照逻辑的推论，人民也会想到：使汉奸合法化的，自己就是汉奸，而对于一切的汉奸，人民的决心是要一网打尽的。因此，我们又深信八年抗战既已使黑白分明，要再混淆它，已经是不可能的。谁要企图这样做，结果只是把自己混进"黑名单"里，自取灭亡之道！

"一二·一"运动始末记

自从民国三十三年双十节,昆明各界举行纪念大会,发表国是宣言,提出积极的政治主张。这里的学生,配合着文化界,妇女界,职业界的青年,便开始团结起来,展开热烈的民主运动,不断地喊出全国人民最迫切的要求,各大中学师生关于民主政治无数次的讲演,讨论和各种文艺活动的集会,各界人士许多次对国是的宣言,以及三十三年护国,三十四年"五四"纪念的两次大游行,这些活动,和其他后方各大城市的沉默恰形成一个鲜明的对照。但在这沉默中,谁知道他们对昆明,尤其昆明的学生,怀抱着多少欣羡,寄托着多少期望!

三十四年八月,日本还没投降,全国欢欣鼓舞,以为八年来重重的苦难,从此结束。但是不出两月,在十月三日,云南省政府突然的改组,驻军发生冲突,使无辜的市民饱受惊扰,而且遭遇到并不比一次敌机的空袭更少的死亡。昆明市民的喘息未定,接着全国各地便展开了大规模的内战,人人怀着一颗沉重的心,瞪视着这民族自杀的现象。昆明,被人家欣羡和期望的昆明,怎么办呢?是的,暴风雨是要来的,昆明再不能等了，于是十一月廿五日晚，国立西南联合大学，国立云南大学，私立中法大学，和云南省立英语专科学校等四校自学自治会，在西南联大新校舍草坪上，召开了反对内战，呼吁和平的座谈会，到会者五千余人。似乎反动者也不肯迟疑，在教授们的讲演声中，全场四周企图威胁到会群众和扰乱会场秩序的机关枪，冲锋枪，小钢炮一齐响了，散会之后，交通又被断绝，数千人在深夜的寒风中踯躅着，抖擞着。昆明愤怒了。

翌日，全市各校学生，在市民普遍的同情与支持之下，相率罢课，表示抗议。并要求查办包围学校开枪的军队。当局对学生们这些要求的答复是甚么呢？除种种造谣和企图破坏学校团结的所谓"反罢课委员会"的卑劣阴谋外，便是十一月三十日特务们的棍子，石头，手枪，刺刀，对全市学生罢课联合委员会宣传队的沿街追打。然而这只是他们进攻的序幕。十二月一日，从上午九时到下午四时，大批特务和身着制服，佩戴符号的军人，携带武器，分批闯入云南大学，中法大学，联大工学院，师范学院，联大附中等五处，捣毁校具，劫掠财物，殴打师生。同时在联大新校舍门前，暴徒们于攻打校门之际，投掷手榴弹一枚，结果南菁中学教员于再先生中弹重伤，当晚十时二十分在云大医院逝世。同时在联大师范学校，正当铁棍，石头飞舞之中，大批学生已经负伤倒地，又飞来三颗手榴弹，中弹重伤联大沉重李鲁连君，仅只奄奄一息了，又在送往医院的途中，被暴徒拦住，惨遭毒打，遂至登时气绝。奋勇救护受伤同学的联大学生潘琰小姐已经胸部被手榴弹炸伤，手指被弹片削掉，倒地后，胸部又被猛戳三刀，便于当日下午五时半在云大医院的病榻上，喊着"同学们团结呀！"与世长辞了。昆华工校学生张华昌君，闻变赶来救援联大同学，头部被弹片炸破，左耳满盛着血浆，血红的鲜血上浮着白色的脑浆，这个仅止十七岁的生命，绵延到当日下午五时在甘美医院也结束了。此外联大学生缪祥烈君，左腿骨炸断，后来医治无效，只好割去，变成残废。总计各校学生重伤者十一人，轻伤者十四人，联大教授也有多人痛遭殴辱。各处暴徒从肇事逞凶时起,到"任务"完成后,高呼口号,扬长过市时止,始终未受到任何军警的干涉。

这就是昆明学生的民主运动,和它的最高潮"一二·一"惨案的概略。

"一二·一"是中华民国建国以来最黑暗的一天,也就在这一天,死难四烈士的血给中华民族打开了一条生路。从这一天起,在整整一个月中,作为四烈士灵堂的联大图书馆,几乎每日都挤满了成千成万,扶老携幼的致敬的市民,有的甚至从近郊几十里外赶来朝拜烈士的遗骸。从这天起,全国各地,乃至海外,通过物质的或精神的种种不同的形式,不断地寄来了人间最深厚的同情和最崇高的敬礼。在这些日子里,昆明成了全国民主运动的心脏,从这里吸收着也输送着愤怒的热血的狂潮。从此全国的反内战,争民主的运动,更加热烈的展开,终于在南北各地一连串的血案当中,促成了停止内战,协商团结的新局面。

愿四烈士的血是给新中国历史写下了最新的一页,愿它已经给民主的中国奠定了永久的基石!如果愿望不能立即实现的话,那么,就让未死的战士们踏着四烈士的血迹,再继续前进,并且不惜汇成更巨大的血流,直至在它面前,每一个糊涂的人都清醒起来,每一个怯懦的人都勇敢起来,每一个疲乏的人都振作起来,而每一个反动者战兢的倒下去!

四烈士的血不会是白流的。

一九四六年二月

美国化的清华

用美国退回赔款办的预备留美底学校,他的目的当然是吸收一点美国文化。所以清华若真做到美国化底程度,是一桩大幸事;实在我常听到我们这里一般美国教授们抱怨中国留美学生——清华当然在内——太不懂美国,太没受着美国文化底好处。他们的意思当然是说清华底教育,虽不算失败,但总有些令人不满意。我说他们的话是一半对,一半不对。怎样讲呢?中国人在他们美国人眼里,随便受他们的同化到什么地步,总不会同一个美国本地人一样,但是这个人在中国人眼里,总太像一个外国人;这仿佛是一个中国人穿着洋服,说着洋话,站在一群中国人里,俨然是一个洋人,但是走到一群洋人里,总是没有他们自己那样洋。一个留学生真是个"四不像"了。但是正好,他们应该是这样的。清华学生是要受点美国化,当然,不是要变成美国人。这是一般有知识的人底意见。但是我个人意见比这还不如。

我这意见讲出来,恐怕有点骇人,也有点得罪人。但是这种思想在我脑筋酝酿了好久,到现在我将离开清华,十年底母校,假若我要有点临别的赠言，我只有这几句话可以对他讲。

我说：清华太美国化了！清华不应该美国化，因为所谓美国文化者实不值得我们去领受！美国文化到底是什么？据我个人观察清华所代表的一点美国化所得来的结果是：笼统地讲，物质主义，零碎地数，经济，实验，平庸，肤浅，虚荣，浮躁，奢华——物质的昌盛，个人的发达……。或者清华不能代表美国，清华里的美国人是不是真正的美国人，我不知道。不过清华里的事事物物，（我又拿我那十年底经验底招牌来讲话）我是知道得清清楚楚的。我敢于说我讲的关于清华的话，是没有错的。我现在没工夫仔细将清华底精神分析出来，以同所谓美国化者对照；我只好举其荦荦大者数端。

（一）经济 除了经济，美国文化还有什么？我们看近来清华要学这个的该有多少？再看别的不学这个的，谁不是以"吃饭"作标准去挑他们的学业？再看从美国回来当买办、经理的该有多少？再听一般人底论调。总是这个有什么"用"？那个有什么"用"？他们除了衣食住底"用"外。还知道什么？他们的思想在那里？他们的主义在那里？他们对精神生活又在那里？

（二）实验 很好！清华学生真有干练敏捷之才！"五四"运动证明了。童子军证明了，世界基督教学生同盟大会证明了，几次的灾区服务证明了。但是也只是 efficient 而已啊！

（三）平庸（mediocrity） 清华学生不比别人好，何尝比别人坏呢？很整齐，很灵敏，很干净，很有礼貌，——很过得去。多数不吃烟，不喝酒，不打牌，不逛胡同，——很有规矩。表面上看来清华学生真令人喜欢，但是也只是令人喜欢，不能引起人底敬爱，因为他们没有惊人之长。

（四）肤浅 清华学生真浮浅极了！那里谈得上学问？那里谈得上知识？一个个见了人，笑笑弥弥的，真是 A very good fellow，但是真有什么诚意持人吗？外观讲得真好，形势极其整齐，正同这几间大洋楼——

礼堂、图书馆……——一种风味。随便在那，面子总不能不顾。讲新也新得不彻底；讲旧也旧得不彻透。浅啊！浅极了！真是些小孩子们啦！

（五）虚荣　人说我们"急公好义"，我们捐罢，把饭钱都捐了罢，反正菜不够吃，总是要添的。人说我们能自治，学生会，法庭都干起来罢；回头会也没有人到，费也没有人交，什么也都忘掉了。运动啊，演说啊，演戏啊，一切的啊，部是出风头底好工具。

"Our Tsing Hua's pride does still abide, and ever more shall stay！"

（六）浮躁　这更不用讲了。这本来是少年底气象，男儿好身手底本色！不独举动浮躁，行为也浮躁，语言也浮躁。Mob spirit！！

（七）奢华　谁说清华学生不浪费？厨房、售品所不用讲，每星期还非看电影不可。贵胄公子，这一点安逸不能不讲。清华底生活看着寻常，其实比一般中等社会人都高，在平时还不觉得，到出洋时，真不差似中了状元，三、四、五、六百块，阔给你瞧瞧！

以上所述的这些,那样不是美国人底特色？没有出洋时已经这样了，出洋回来以后，也不过戴上几个硕士、博士、经理、工程师底头衔而已，那时这些特色只有变本加厉的。美国化呀！够了！够了！物质文明！我怕你了，厌你了，请你离开我罢！东方文明啊！支那底国魂啊！"盍归乎来！"让我还是做我东方的"老憨"吧！理想的生活啊！

"Oh！ raise up, return to us again, and give us manners, virtue, freedorn, power."

可怕的冷静

　　一个从灾荒里长成的民族，挨着一切的苦难，总像挨着天灾一样，以麻木的坚忍承受打击，没有招架，没有愤怒，甚至没有呻吟，像冬眠的蛰虫一般，只在半死状态中静候着第二个春天的来临，——这样便是今天的中国，快挨过了第七个年头的国难，它还准备再挨下去，直到那一天，大概一觉醒来，自然会发现胜利就在眼前。客观上，战争与饥饿本也久已打成一片了，因此，愈是实质的战斗员，愈有挨饿的责任，不像人家最前线的人们吃得最好最饱，我们这里真正的饿莩恰恰就是真正的兵士。抗战与灾荒既已打成一片，抗战期中的现象，便更酷肖荒年的现象了。照例是灾情愈重，发财的愈多，结果贫穷的更加贫穷，富贵的更加富贵。照例是灾情严重了，呼吁的声音海外比国内更响，于是救济的主要责任落在外人身上，而国内人士，相形之下，便愈能显出他们那"不动心"的沉着而雍容的风度了。现在一切荒年的社会现象在抗战中又重演一次，不过规模更大，严重性更深刻些罢了。但是说来奇怪，分明是痼疾愈深，危机愈大，社会表层偏要装出一副太平景象的面孔。配合着冠冕堂皇的要人谈话和报纸社评的，是一般社会情绪——今天一个画展，明天一个堂会，"顾左右而言他"的副刊和小报一天天充斥起来。内容一天比一天软性化。从抗战开始以来，没有见过今天这样"众人熙熙，如享太牢，如登春台"的景象，这不知道是肺结核患者脸上的红晕呢，还是将死前的回光返照！

一部分人为着旁人的剥削，在饥饿中畜生似的沉默着，另一部分人却在舒适中兴高采烈的粉饰着太平，这现象是叫人不能不寒心的，如果他还有一点同情心与正义感的话。然而不知道是为了谁的体面，你还不能声张。最可虑的是不通世故而血气方刚的青年，面对这种事实，又将作何感想？对了，怕动摇抗战，但饥饿能抗战吗？粉饰饥饿就是抗战吗？如果抗战是天经地义，不要忘记当年的青年，便是撑持这天经地义最有力的支柱，可见青年盲目而又不盲目，在平时他不免盲目，在非常时期他却永远是不盲目的。原来非常时期所需要的往往不是审慎，而是勇气，青年是比任何人都强的。正如当年激起抗战怒潮的是青年。今天将要完成抗战大业的力量，也正是这蕴藏在青年心灵中的烦躁。这不是浮动，而是活力的脉搏。民族必需生存，抗战必需胜利，在这最高原则之下，任何平时的轨范都是可以暂时搁置的枝节。火烧上了眉毛，就得抢救。这是一个非常时期！

如果老年人中年人能负起责任，那自然更好，但事实上，战争先天的是青年人的工作（它需要青年的体质和青年的热情），所以如果老年人中年人肯负起责任，也只是参加青年的工作，或与青年分工合作，而不是代替青年的工作。战争既先天的是青年的工作，那么战时的国家就得以青年的意志为意志，虽则在战争的技术上，老年人中年人的智慧也是不可少的。

从抗战开始到今天，我们遭遇过两个关键，当初要不要抗战，是第一个关键，今天要不要胜利，是第二个关键，而第一个关键本来早已决定了第二个，因为既打算抗战，当然要胜利。但事实上目前的一切分明是朝着与胜利相反的方向发展，所以可怪的，是一部分人虽然看出方向的错误，却还要力持冷静，或从一些烦琐的立场，认为不便声张，不必声张。眼看青年完成抗战，争取胜利的意志必须贯彻，然而没有老年人中年人的智慧予以调节与指导。青年的力量不免浪费。万一还有人固执起来，利用他们的地位与力量，阻止了青年意志的贯彻，那结果便更不堪设想了。时机太危急了，这不是冷静时候，希望老年人中年人的步调能与青年齐一，早点促成胜利的来临！大众的坚忍的沉默是可原谅的，因为他们是灾荒中生长的，而灾荒养成了他们的麻木，有着粉饰太平的职责的人们是可原谅的，因为他们也有理由麻木。可是负有领导青年责任的人们，如果过度的冷静，也是可怕的，当这不宜冷静的时候！

（原载 1944 年 6 月 25 日《昆明日报》）

关于儒·道·土匪

　　医生临症，常常有个观望期间，不到病势相当沈重。病象充分发作时，正式与有效的诊断似乎是不可能的。而且，在病人方面，往往愈是痼疾，愈要讳疾忌医，因此恐怕非等到病势沉重，病像发作，使他讳无可讳，忌无可忌时，他也不肯接受诊断。

　　事到如今，我想即便是最冥顽的讳疾忌医派，如钱穆教授之流，也不能不承认中国是生着病，而且病势的严重，病象的昭著，也许赛过了任何历史记录。惟其如此，为医生们下诊断，今天才是最成熟的时机。

　　向来是"旁观者清"，无怪乎这回最卓越的断案来自一位英国人。这是韦尔斯先生观察所得：

　　"在大部分中国人的灵魂里，斗争着一个儒家，一个道家，一个土匪。"（《人类的命运》）

　　为了他的诊断的正确性，我们不但钦佩这位将近八十高龄的医生，而且感激他，感激他给我们查出了病源，也给我们至少保证了半个得救的希望，因为有了正确的诊断，才谈得到适当的治疗。

但我们对韦尔斯先生的拥护，不是完全没有保留的，我认为假如将"儒家，道家，土匪"，改为"儒家，道家，墨家"，或"偷儿，骗子，土匪"，这不但没有损害韦氏的原意，而且也许加强了它，因为这样说话，可以使那些比韦氏更熟悉中国历史和文化的人，感着更顺理成章点，因此也更乐于接受点。

先讲偷儿和土匪，这两种人作风的不同，只在前者是巧取，后者是豪夺罢了。"巧取豪夺"这成语，不正好用韩非的名言"儒以文乱法，侠以武犯禁"来说明吗？而所谓侠者不又是堕落了的墨家吗？至于以"骗子"代表道家，起初我颇怀疑那徽号的适当性，但终于还是用了它。"无为而无不为"也就等于说：无所不取，无所不夺，而看上去又像是一无所取，一无所夺，这不是骗子是什么？偷儿，骗子，土匪是代表三种不同行为的人物，儒家，道家，墨家是代表三种不同的行为理论的人物，尽管行为产生了理论，理论又产生了行为，如同鸡生蛋，蛋生鸡一样，但你既不能说鸡就是蛋，你也就不能将理论与行为混为一谈。所以韦尔斯先生叫儒家，道家和土匪站作一排，究竟是犯了混淆范畴的逻辑错误。这一点表过以后，韦尔期先生的观察，在基本意义上，仍不失为真知灼见。

就历史发展的次序说，是儒，墨，道。要明白儒墨道之所以成为中国文化的病，我们得从三派思想如何产生讲起。

由于封建社会是人类物质文明成熟到某种阶段的结果，而它自身又确乎能维持相当安定的秩序，我们的文化便靠那种安定而得到迅速的进步，而思想也便开始产生了。但封建社会的组织本是家庭的扩大，而封建社会的秩序是那家庭中父权式的以上临下的强制性的秩序，它的基本原则至多也只是强权第一，公理第二。当然秩序是生活必要的条件，即便是强权的秩序，也比没有秩序好。尤其对于把握强权，制定秩序的上层阶级，那种秩序更是绝对的可宝。儒家思想便是以上层阶级的立场所给予那种秩序的理论的根据。然而父权下的强制性的秩序，毕竟有几分不自然，不自然的便不免虚伪，虚伪的秩序终久必会露出破绽来，墨家有见于此，想以慈母精神代替严父精神来维持秩序，无奈秩序已经动摇后，严父若不能维持，慈母更不能维持。儿子大了，父亲管不了，母亲更管不了，所以墨家之归于失败，是势所必然的。

　　墨家失败了，一气愤，自由行动起来，产生所谓游侠了，于是秩序便愈加解体了。秩序解体以后，有的分子根本怀疑家庭存在的必要，甚至咒诅家庭组织的本身，于是独自逃掉了，这种分子便是道家。

　　一个家庭的黄金时代，是在夫妇结婚不久以后，有了数目不太多的子女，而子女又都在未成年的期间。这时父亲如果能干保待着相当丰裕的收入，家中当然充满一片天伦之乐，即令不然，儿女人数不多，只要分配得平均，也还可以过来相当快乐，万一分配不太平均，反正儿女还小，也不至闹出大乱子来。但事实是一个庞大的家庭，儿女太多，又都成年了，利害互相冲突，加之分配本来就不平均，父亲年老力衰，甚至已经死了，家务由不很持平的大哥主持，其结果不会好，是可想而知了。儒家劝大哥一面用父亲在天之灵的大帽子实行高压政策，一面叫大家以黄金时代的回忆来策励各人的良心，说是那样，当年的秩序和秩序中的天伦之乐，自然会恢复。他不晓得当年的秩序，本就是一个暂时的假秩序。当时的相安无事，是沾了当时那特殊情形的光，于今情形变了，自然会露出马脚来。墨家的母性的慈爱精神不足以解决问题，原因也只在儿女大了，实际的利害冲突，不能专凭感情来解决，这一层前面已经提到。在这一点上，墨家犯的错误，和儒家一样，不过墨家确乎感觉到了那秩序中分配不平均的基本症结，这一点就是他后来走向自由行动的路的心理基础。墨家本意是要实现一个以平均为原则的秩序，结果走向自由行动的路，是破坏秩序。只看见破坏旧秩序，而没有看见建设新秩序的具体办法，这是人们所痛恶的，因为，正如前面所说的，秩序是生活的必要条件。尤其是中国人的心理，即令不公平的秩序，也比完全没有秩序强。

　　这里我们看出了墨家之所以失败。正是儒家之所以成功。至于道家因根本否认秩序而逃掉，这对于儒家，倒因为减少了一个掣肘的而更觉方便，所以道家的遁世实际是帮助了儒家的成功。因为道家消极的帮了儒家的忙，所以儒家之反对道家，只是口头的，表面的，不像他对于墨家那样的真心的深恶痛绝。因为儒家的得势，和他对于墨道两家态度的不同，所以在上层阶级的士大夫中。道家还能存在，而墨家却绝对不能存在。墨家不能存在于士大夫中，便一变为游侠，再变为土匪，愈沈愈下了。

　　捣乱分子墨家被打下去了，上面只剩了儒与道，他们本来不是绝对不相容的，现在更可以合作了。合作的方案很简单。这里恕我曲解一句古书，《易经》说"肥遁，无不利"，我们不妨读肥为本字，而把"肥遁"解为肥了之后再遁，那便是说一个儒家做了几任"官"，捞得肥肥的，然后撒开腿就跑，跑到一所别墅或山庄里，变成一个什么居士，便是道家了。——这当然是对己最有利的办法了。甚至还用不着什么实际的"遁"，只要心理上念头一转，就身在宦海中也还是遁，所谓"身在魏阙，心在江湖"和"大隐隐朝市"者，是儒道合作中更高一层的境界。在这种合作中，权利来了，他以儒的名分来承受，义务来了，他又以道的资格说，本来我是什么也不管的。儒道交融的妙用，真不是笔墨所能形容的，在这种情形之下，称他们为偷儿和骗子，能算冤曲吗？

　　"成者为王，败者为寇"，"窃钩者诛，窃国者侯"，这些古语中所谓王侯如果也包括了"不事王侯，高尚其事"的道家，便更能代表中国的文化精神。事实上成语中没有骂到道家，正表示道家手段的高妙。讲起穷凶极恶的程度来，土匪不如偷儿，偷儿不如骗子，那便是说墨不如儒，儒不如道。韦尔斯先生列举三者时，不称墨而称土匪。也许因为外国人到中国来，喜欢在穷乡僻壤跑，吃土匪的亏的机会特别多，所以对他们特别深恶痛绝。在中国人看来，三者之中，其实土匪最老实，所以也最好防备。从历史上看来，土匪的前身墨家，动机也最光明。如今不但在国内，偷儿骗子在儒道的旗帜下，天天剿匪，连国外的人士也随声附和的口诛笔伐，这实在欠公允，但我知道这不是韦尔斯先生的本意，因为我知道在他们本国，韦尔斯先生的同情一向是属于那一种人的。

话说回来，土匪究竟是中国文化的病，正如偷儿骗子也是中国文化的病。我们甚至应当感谢韦尔斯先生在下诊断时，没有忘记土匪以外的那两种病源——儒家和道家。韦尔斯先生用《春秋》的书法，将儒道和土匪并称。这是他的许多伟大贡献中的又一个贡献。

愈战愈强

　　回忆抗战初期，大家似乎不大讲到"胜利"，那时的心理与其说是胜败置之度外，还不如说是一心想着虽败犹荣，敌人是以"必定胜"的把握向我们侵略，我们是以"不怕败"的决心给他们抵抗。你无非是要我败，我偏偏不怕败，我不怕败，你便没有胜。那时人民的口号是"豁出去了！""跟你拼了！"政府的策略是"破釜沉舟"，是"置之死地而后生"，人民和政府都不怕败，自然大家也不讳败，结果是我们愈败愈奋勇，而敌人是真把我们没办法。

　　武汉撤退以后，渐渐听到"争取胜利"的呼声，然而也就透露了怕败的顾虑了。

　　开罗会议以后，胜利俨然已经到了手似的，而一般现象，则正好表示着一些人的工作，是在"争取失败"。事实昭彰，凡是有眼睛的都看到了，有良心的都指出了，这里无需我再说，我也不忍再说，于是愈是趋向失败，愈是讳言失败，自己讳言失败，同时也禁止旁人言失败。是否表面上"失败"绝迹了，暗地里便愈好制造失败呢？抗战到了这地步，大概也是一种"置之死地而后生"的办法罢?好了,那我以老百姓的资格,也就"豁出去了!""跟你拼了!"

所以我今天想要算帐!

算帐是一件麻烦事,但不要紧,大的做大的算,小的做小的算,反正从今以后,我不打算有清闲日子了!

比如眼前在我们昆明,就有一笔不大不小的帐值得算一算。

昨天早起出门找报看,第一家报纸给了我一个喜讯,它老老实实地告诉我,衡阳的仗咱们打好了一点,我当然很高兴。但是看到第二家报纸,却把我气昏了,就因为那标题中"我军愈战愈强"六个大字。

编辑先生!我是有名有姓的,我虽不知道你姓名,但你也必然有名有姓,你若是好汉,就请出来跟我算清这笔帐!你所谓"愈战愈强"者,如果就是今天另一家报纸标题所谓"愈战愈奋"的意思,那我就原谅你,我可怜你中国人不大会处理中国文字。如果你那"强"字是甚么"四强之一"那类"强"的意思,那我就要控告你两大罪状:一、你侮辱了我们老百姓的人格。二、你出卖了你的祖国。

难道你就忘记了,芦沟桥的烽火一起,我们挺身应战,是为了我们有十二万分胜算的把握吗?老实告诉你,除了存心利用抗战来趁火打劫的败类之外,我们老百姓果真是怕败的话,就早已都投汪精卫去了。我相信在自由中国,每一个良善的中国人,当初既是抱了拼命的决心,胜也要打,败也要打,今天还是抱定这决心,胜也要打,败也要打,何况国际的客观环境已经好转,谁又是那样的傻子,情愿让它"功亏一篑"呢?所以你如果多多给我们报导些自身的缺点,那只会增加我们的戒惧心,刺激我们的努力。你以为我们真是那样"闻败则馁"的草包吗?你若那样想,便把我们看同汪精卫之流了,你晓得那是侮辱别人的人格吗?

闻败则馁的必也闻胜则骄,你既把我们当作闻败则馁的人,那你泄露了(杜撰罢?)许多乐观的消息,难道又不怕我们骄起来吗?明知骄是抗战的鸩毒，而偏要用"愈战愈强"来灌溉我们的骄，那你又是何居心？依据你自己的逻辑，你这就是汉奸行为，因此你是出卖了你的祖国，你又晓得吗？

我们倒不怕承认自身的"弱'，愈知道自身弱在那里，愈好在各人自己的岗位上来尽力加强它。你说我们"愈强"，我倒要请你拿出事实来，好教我们更放心点。谁不愿意自己强呢！但信口开河是不负责任，存心欺骗更是无耻。六个字的标题，看来事小，它的意义却很重大。

用这字面的，本不只你一人，但是，先生，恕我这回拶住你了！你气得我一顿饭没吃好啊！然而如果在原则上你是受了谁的指示，那个指示你的人不也该是有名有姓的吗？如果他高兴，就请他出来说明也好。抗战是大家的抗战，国家是大家的国家，谁有权利来禁止我发问！

什么是儒家——中国士大夫研究之一

"无论在任何国家,"伊里奇在他的《国家论》里说,"数千年间全人类社会的发展,把这发展的一般的合法则性,规则性,继起性,这样的指示给我们了:即是,最初是无阶级社会—贵族不存在的太古的,家长制。原始的社会,其次是以奴隶制为基础的社会。奴隶占有者的社会。……奴隶占有者和奴隶是最初的阶级分裂。前一集团不仅占有生产手段—土地,工具(虽然工具在那时是幼稚的),而且还占有了人类。这一集团称为奴隶占有者,而提供劳动于他人的那些劳苦的人们便称为奴隶。"中国社会自文明初发出曙光。即约当商盘庚时起,便进入了奴隶制度的阶段,这个制度渐次发展,在西周达到它的全盛期,到春秋中叶便成强弩之末了,所以我们可以概括的说,从盘庚到孔子,是我们历史上的奴隶社会期。但就在孔子面前,历史已经在剧烈的变革着,转向到另一个时代,孔子一派人大声急呼,企图阻止这一变革,然而无效。历史仍旧进行着,直到秦汉统一,变革的过程完毕了,这才需要暂时休息一下。趁着这个当儿。孔子的后学们,以董仲舒为代表。便将孔子的理想，略加修正，居然给实现了。在长时期变革过程的疲惫后，这是一帖理想的安眠药。因为这安眠药的魔力，中国社会便一觉睡了两千年，直到孙中山先生才醒转一次。孔子的理想既是恢复奴隶社会的秩序，而董仲舒是将这理想略加修正后，正式实现了，那么，中国社会，从董仲舒到中山先生这段悠长的期间，便无妨称为一个变相的奴隶社会。

董仲舒的安眠药何以有这大的魔力呢？要回答这问题，还得从头说起。相传殷周的兴亡是仁暴之差的结果，这所谓仁与暴分明代表着两种不同的奴隶管理政策。大概殷人对于奴隶榨取过渡，以至奴隶们"离心离德"而造成"前途倒戈"的后果，反之，周人的榨取比较温和，所以能一方面赢得自己奴隶的"同心同德"，一方面又能给太公以施行"阴谋"的机会，教对方的奴隶叛变他们自己的主人。仁与暴是漂亮的名词，实际只是管理奴隶的方法有的高明点，有的笨点罢了。周人还有个高明的地方，那便是让胜国的贵族管理胜国的奴隶。《左传》定四年说"周公相王室，分鲁公以……殷民六族……使帅其宗氏，辑其分族，将其类丑，……使之职事于鲁，……分之土田陪敦（附庸，即仆庸），祝宗卜史，各物典策，官司彝器。……分康叔以……段民七族。……"这些殷民六族与七族便是胜国投降的贵族，那些"备物典策，官司彝器"的"祝宗卜史"便是后来所谓"儒士"—寄食于贵族的智识分子。让贵族和知识分子分掌政教，共同管理自己的奴隶（附庸），这对奴隶们和奴隶占有者（周人）双方都有利的，因为以居间的方式他们可以缓和主权间的矛盾，他们实在做了当时社会机构中的一种缓冲阶层。后来胜国贵族们渐趋没落，而儒士们因有特殊智识和技能，日渐发展成一种宗教文化的行帮企业，兼理着下级行政干部的事务，于是缓冲阶层便为儒士们所独占了。（当然也有一部分没落的胜国贵族，改业为儒，加入行帮的。）

明白了这种历史背景，我们就可以明白儒家的中心思想。因为儒家是一个居于矛盾的两极之间的缓冲阶层的后备军，所以他们最忌矛盾的统一，矛盾统一了，没有主奴之分，便没有缓冲阶层存在的余地，他们也不能偏袒某一方面，偏袒了一方，使一方太强，有压倒对方的能力，缓冲者也无事可做。所谓"君子和而不同"，便是要使上下在势均力敌的局面中和平相处，而切忌"同"于某一方面，以致动摇均势，因为动摇了均势，便动摇自己的地位啊！儒家之所以不能不讲中庸之道，正因他是站在中间的一种人。中庸之道，对上说，爱惜奴隶，便是爱惜自己的生产工具，也便是爱惜自己，所以是有利的；对下说，反正奴隶是做定了，苦也就吃定了，只要能吃少点苦就是幸福，所以也是有利的。然而中庸之道，最有利的，恐怕还是那站在中间，两边玩弄，两边镇压，两边劝谕，做人又做鬼的人吧！孔子之所以宪章文武，尤其梦想周公，无非是初期统治阶级的奴隶管理政策，符合了缓冲阶层的利益，所谓道统者，还是有其社会经济意义的。

　　可是切莫误会，中庸决不是公平。公平是从是非观点出发的，而中庸只是在利害上打算盘。主奴之间还讲什么是非呢？如果是要追究是非，势必牵涉到奴隶制度的本身，如果这制度本身发生了问题，那里还有什么缓冲阶层呢？显然的，是非问题是和儒家的社会地位根本相抵触的。他只能一面主张"成事不说，遂事不谏，既往不咎"，一面用正名（君君臣臣，父父子子）的理论，维持现有的铁序（既成事实）。然后再苦口婆心的劝两面息事宁人，马马虎虎，得过且过。我疑心"中庸"之庸字也就是"附庸"之庸字，换言之，"中庸"便是中层或中间之佣。自身既也是一种佣役（奴隶），天下那有奴隶支配主人的道理？所以缓冲阶层的真正任务，也不过是恳求主子刀下留情，劝令奴才忍重负辱，"执中无权，犹执一也"，天秤上的码子老是向重的一头移动着，其结果，"中庸"恰恰是"不中庸"。可不是吗？"爵禄可辞也，白刃可蹈也，中庸不可能也！"果然你辞了爵禄，蹈了白刃，那于主人更方便（因为把劝架的人解决了，奴才失去了掩蔽，主人可以更自由的下毒手），何况爵禄并不容易辞，白刃更不容易蹈呢？实际上缓冲阶层还是做了帮凶，"季氏富于周公，而求也为之聚敛而附益之，"冉求的作风实在是缓冲阶层的唯一出路。孔子喝令"小子鸣鼓而攻之！"是冤枉了冉求，因为孔子自己也是"三月无君则皇皇如也"的，冉求又怎能饿着肚子不吃饭呢？

但是，有了一个建筑在奴隶生产关系上的社会，李氏便必然要富于周公，冉求也必然要为之聚敛，这是历史发展的一定的法则。这法则的意义是什么呢？恰恰是奴隶社会的发展促成了奴隶社会的崩溃。缓冲阶层既依存于奴隶社会，那么冉求之辈的替主人聚敛，也就等于替缓冲阶层自掘坟墓。所以毕竟是孔子有远见，"留得青山在，不怕没柴烧"，冉求是自己给自己毁坏青山啊！然而即今是孔子的远见也没有挽回历史。这是命运的作剧吧？做了缓冲阶层，其势不能不帮助上头聚敛，不聚敛，阶层的地位便无法保持，但是聚敛得来使整个奴隶社会的机构都要垮台，还谈得到什么缓冲阶层呢？所以孔子的呼吁如果有效，青山不过是晚坏一天，自己便多烧一天的柴。如果无效，青山便坏得更早点，自己烧柴的日子也就更有限了，孔子的见地远是远点，但比起冉求，也不过是"以百步笑五十步"而已。结果，历史大概是沿着冉求的路线走的，连比较远见的路线都不曾蒙它采纳，于是春秋便以高速度的发展转入了战国，儒家的理想，非等到董仲舒是不能死灰复燃的。

话又说回来了，儒家思想虽然必需等到另一时代，客观条件成熟，才能复活，但它本身也得有其可能复活的主观条件，才能真正复活，否则便有千百个董仲舒，恐怕也是枉然。儒家思想，正如上文所说，是奴隶社会的产物，而它本身又是拥护奴隶社会的。我们都知道，奴隶社会是历史必须通过的阶段（它本身是社会进步的果，也是促使社会进步的因）。既然必须通过，当然最好是的过得平稳点，舒服点。文武周公所安排的，孔子所表彰的奴隶社会，因为有了那缓和的榨取政策，和为执行这政策而设的缓冲阶层，它确乎是一比较舒服的社会，因为舒服，所以自从董仲舒把它恢复了，二千年的历史便在它的怀抱中睡着了。

诚然，董仲舒的儒家不是孔子的儒家。而董仲舒以后的儒家也不是董仲舒的儒家，但其为儒家则一，换言之，他们的中心思想是一贯的。二千年来士大夫没有不读儒家经典的，在思想上，他们多多少少都是儒家，因此，我们了解了儒家，便了解了中国士大夫的意识观念。如上文所说，儒家思想是奴隶社会的产物，然则中国士大夫的意识观念是什么，也就值得深长思之了！

一个白日梦

　　林荫路旁侍立着一排像是没有尽头的漂亮的黄墙,墙上自然不缺少我们这"文字国"最典型的方块字的装饰,只因马车跑得太快,来不及念它,心想反正不是机关,便是学校,要不就是营房。忽然两座约莫二丈来高,影壁不像影壁,华表不像华表,极尽丑恶之能是的木质构造物闯入了视野,像黑夜里冷不防跳出一声充满杀气的"口令!"那东西可把人吓一跳!那威风凛凛的稻草人式的构造物,和它上面更威风的蓝地白书的八个擘窠大字:

　　顶天立地
　　继往开来

　　也不知道是出自谁人的手笔,或那部"经典",对子倒对得顶稳的。可是当时我并没有想到那些,我只觉得一阵头昏跟花,不是吓唬的,(稻草人可吓得倒人?)我的头昏眼花恰恰是像被某种气味熏得作呕时的那一种，我问我自己，这究竟是一种什么气味？怎么那样冲人？

我想起十字牌的政治商标，我明白了。不错，八个字的目的如果在推销一个个人的成功秘诀，那除了希特勒型的神经病患者，谁当得起？如果是标榜一个国家的立国精神，除了纳粹德国一类的世界里，又那儿去找这样的梦？想不出我们黄炎子孙也变得这样伟大！果然如此，区区个人当然也"与有荣焉"，——我的耳根发热了。

个人主义和由它放大的本位主义的肥皂水，居然吹起了这样大而美丽的泡，看，它不但囊括了全部的空间（顶天立地），还垄断了整个的时间（继往开来）！怕只怕一得意，吹得太使劲儿，泡炸了，到那时原形毕露。也不过那么小小一滴水而已。我真为它 也为我自己——捏一把汗。

个人之于社会等于身体的细胞，要一个人身体健全，不用说必需每个细胞都健全。但如果某个细胞太喜欢发达。以至超过它本分的限度而形成瘿瘤之类，那便是病了。健全的个人是必需的，个人发达到排他性的个人主义却万万要不得。如今个人主义还不只是瘿瘤。它简直是毒菌败坏了一部分细胞而引起的一种恶性发炎的痈疽，浮肿的肌肉开着碗口大的花，那何尝不也是花花绿绿的绚烂的色彩，其实只是一堆臭脓烂肉。唉！气味便是从那里发出的吧！

从排他性的个人主义到排他性的民族主义，是必然的发展。我是英雄，当然我的族类全是英雄。炎性是会得蔓延的，这不必细说。

极端的个人主义者必然也是个唯心主义者。心灵是个人行为的发号施令者，夸大了个人，便夸大了心灵。也许我只是历史上又一个环境的幸运儿，但我总以为我的成功，完全由于自己的意志或精神力量，只因为除了我个人，我什么也没看见。我只知道向自己身上去发现成功的因素，追得愈深，想得愈玄，于是便不能不堕入唯心论的迷魂阵中。

一切环境因素，一切有利的物质条件，一切收入的帐都被转到支出项下了，我惊讶于自身无尽的财富，而又找不出它的来源，我的结论只好是"天生德于予"了。于是我不但是英雄，而且是圣人了！

由不曾失败的英雄，一变而为不曾错误的圣人，我便与"真理"同体化了，因而"我"与"人"就变成"是"与"非"的同义语了。从此一切暴行只要是出于我的，便是美德，因为"我"就是"是"。到这时，可怜的个人主义便交了恶运，环境渐渐于我不利，我于是猜忌，疯狂，甚至迷信，我的个人主义终于到了恶性发炎的阶段，我的结局……天知道是什么！

青 岛

海船快到胶州湾时，远远望见一点青，在万顷的巨涛中浮沈；在右边崂山无数柱奇挺的怪峰，会使你忽然想起多少神仙的故事。进湾，先看见小青岛，就是先前浮沈在巨浪中的青点，离它几里远就是山东半岛最东的半岛——青岛。簇新的、整齐的楼屋，一座一座立在小小山坡上，笔直的柏油路伸展在两行梧桐树的中间，起伏在山冈上加一条蛇。谁信这个现成的海市蜃楼，一百年前还是个荒岛？

当春天，街市上和山野间密整的树叶，遮蔽着岛上所有的住屋，向着大海碧绿的波浪，岛上起伏的青梢也是一片海浪，浪下有似海底下神人所住的仙宫。但是在榆树丛荫，还埋着十多年前德国人坚伟的炮台，深长的甬道里你还可以看见那些地下室，那些被毁的大炮机，和墙壁上血涂的手迹。——欧战时这儿剩有五百德国兵丁和日本争夺我们的小岛，德国人败了，日本的太阳旗曾经一时招展全市，但不久又归还了我们。在青岛，有的是一片绿林下的仙宫和海水泱泱的高歌，不许人想到地下还藏着十多间可怕的暗窟，如今全毁了。

堤岸上种植无数株梧桐，那儿可以坐憩，在晚上凭栏望见海湾里千万只帆船的桅杆，远近一盏盏明灭的红绿灯飘在浮标上，那是海上的星辰。沿海岸处有许多伸长的山角，黄昏时潮水一卷一卷来，在沙滩上飞转，溅起白浪花，又退回去。不厌倦的呼啸。天空中海鸥逐向渔舟飞，有时间在海水中的大岩石上，听那巨浪撞击着岩石激起一两丈高的水花。那儿再有伸出海面的栈桥，去站着望天上的云，海天的云彩永远是清澄无比的，夕阳快下山，西边浮起几道鲜丽耀眼的光，在别处你永远看不见的。

　　过清明节以后，从长期的海雾中带回了春色，公园里先是迎春花和连翘，成篱的勇狮，还有好像白亮灯的玉兰，软风一吹来就憩了，四月中旬，奇丽的日本樱花开得像天河，十里长的两行樱花，婉蜒在山道上，你在树下走，一举首只见樱花绣成的云天。樱花落了，地下铺好一条花蹊。接着海裳花又点亮了，还有踯躅在山坡下的"山踯躅"。丁香，红端木，天天在染织这一大张地毡，往山后深林里走去，每天你会寻见一条新路，每一条小路中不知是谁创制的天地。

　　到夏季来，青岛几乎是天堂了。双驾马车载人到汇泉浴场去，男的女的中国人和十方的异客，戴了阔边大帽，海边沙滩上，人像小鱼一般，曝露在日光下，怀抱中是熏人的威风。沙滩边许多小小的木屋，屋外搭着伞篷，人全仰天躺在沙上，有的下海去游泳，踩水浪，孩子们光着身在海滨拾贝壳。街路上满是烂醉的外国水手，一路上胡唱。

　　但是等秋风吹起，满岛又回复了它的沉默，少有人行走，只在雾天里听见一种怪木牛的叫声，人说木牛躲在海角下，谁都不知道在那儿。

学馆

演讲

闻一多精品选

艾青和田间

（这是闻一多先生在去年昆明的诗人节纪念会上的讲演，在这讲演之前，两位联大的同学朗诵了艾青的《向太阳》和田间的《自由向我们来了》，《给战斗者》，听众都很激动，接下来，闻先生说：）

一切的价值都在比较上看出来。

（他念了一首赵令仪的诗，说：）

这诗里是什么山茶花啦，胸脯啦，这一套讽刺战斗，粉刷战斗的东西，这首描写战争的诗，是歪曲战争，是反战，是把战争的情绪变转，缩小。这也正是常任侠先生所说的鸳鸯蝴蝶派。（笑）

几乎每个在座的人都是鸳鸯蝴蝶派。（笑）我当年选新诗，选上了这一首，我也是鸳鸯蝴蝶派。（大笑）

艾青当然比这好。也表现人民及战争，用我们知识分子最心爱的，崇拜的东西与装饰，去理想化。如《向太阳》这首诗里面，他用浪漫的幻想，给现实镀上金，但对赤裸裸的现实，他还爱得不够。我们以为好的东西里面，往往也有坏的东西。

如在太阳底下死,是 Sentimetal 的,是感伤的,我们以为是诗的东西都是那个味儿。(笑)

我们的毛病在于眼泪啦,死啦。用心是好的,要把现实装扮出来,引诱我们认识它,爱它,却也因此把自己的狐狸尾巴露出来了。

这一些,田间就少了,因此我们也就不大能欣赏。

胡风评田间是第一个抛弃了知识分子灵魂的战争诗人,民众诗人。他没有那一套泪和死。但我们,这一套还留得很多,比艾青更多。我们能欣赏艾青,不能欣赏田间,因为我们跑不了那么快。今天需要艾青是为了教育我们进到田间,明天的诗人。但田间的知识分子气,胡风说抛弃了,我看也没有完全抛弃。如《自由向我们来了》,为什么我们不向自由去呢?艾青说"太阳滚向我们",为什么我们不滚向太阳呢?(笑,鼓掌)

艾青的《北方》写乞丐,田间的一首诗写新型的女人,因为田间已是新世界中的一个诗人。我们不能怪我们不欣赏田间:因为我们生在旧社会中。我们只看到乞丐,新型的女人我们没有看到过。

有人谩骂田间,只是他们无知。

关于艾青田间的话很多,时间短,讲到这儿为止。

最后一次的讲演

（在云大至公堂李公朴夫人报告李先生死难经过大会上的讲演）

这几天，大家晓得，在昆明出现了历史上最卑劣，最无耻的事情！李先生究竟犯了什么罪，竟遭此毒手？他只不过用笔写写文章，用嘴说说话，而他所写的，所说的，都无非是一个没有失掉良心的中国人的话！大家都有一枝笔，有一张嘴，有什么理由拿出来讲啊！有事实拿出来说啊！（闻先生声音激动了）为什么要打要杀，而且又不敢光明正大的来打来杀，而偷偷摸摸的来暗杀！（鼓掌）这成什么话？（鼓掌）

今天，这里有没有特务？你站出来！是好汉的站出来！你出来讲！凭什么要杀死李先生？（厉声，热烈的鼓掌）杀死了人，又不敢承认，还要诬蔑人，说什么"桃色事件"，说什么共产党杀共产党，无耻啊！无耻啊！（热烈的鼓掌）这是某集团的无耻，恰是李先生的光荣！李先生在昆明被暗杀，是李先生留给昆明的光荣！也是昆明人的光荣！（鼓掌）

去年"一二·一"昆明青年学生为了反对内战，遭受屠杀，那算是青年的一代献出了他们最宝贵的生命！现在李先生为了争取民主和平、而遭受了反动派的暗杀，我们骄傲一点说，这算是像我这样大年纪的一代，我们的老战友，献出了最宝贵的生命。这两桩事发生在昆明，这算是昆明无限的光荣！（热烈的鼓掌）反动派暗杀李先生的消息传出后，大家听了都悲愤痛恨。我心里想，这些无耻的东西，不知他们是怎么想法？他们的心理是什么状态？他们的心怎样长的？（捶击桌子）其实很简单，（低沉渐高）他们这样疯狂的来制造恐怖，正是他们自己在慌啊！在害怕啊！所以他们制造恐怖，其实是他们自己在恐怖啊！特务们，你们想想，你们还有几天，你们完了，快完了！你们以为打伤几个，杀死几个，就可以了事，就可以把人民吓倒了吗？其实广大的人民是打不尽的，杀不完的，要是这样可以的话，世界上早没有人了。你们杀死一个李公朴，会有千百万个李公朴站起来！你们将失去千百万的人民！你们看着我们人少，没有力量。告诉你们，我们的力量大得很！多得很！看今天来的这些人，都是我们的人，都是我们的力量！此外还有广大的市民！我们有这个信心：人民的力量是要胜利的，真理是永远存在的。历史上没有一个反人民的势力不被人民毁灭的！希特勒，墨索里尼不都在人民之前倒下去了吗？翻开历史看看，你还站得住几天！你完了，快完了！我们的光明就要出现了。我们看，光明就在我们眼前，而现在正是黎明之前那个最黑暗的时候。我们有力量打破这个黑暗，争到光明！我们的光明，就是反动派的末日！（热烈的鼓掌）

　　反动派故意挑拨美苏的矛盾，想利用这矛盾来打内战。任你们怎么样挑拨，怎么样离间，美苏不一定打呀！现在四外长会议已经圆满闭幕了。这不是说美苏已经没有矛盾，但是可以让步，可以妥协，事情是曲折的，不是直线的。

　　李先生的血，不会白流的！李先生赔上了这条性命，我们要换来一个代价。"一二·一"四烈士倒下了，年轻的战士们的血，换来了政治

协商会议的召开，现在李先生倒下了，他的血要换取政协会议的重开！（热烈的鼓掌）我们有这个信心！（鼓掌）

"一二·一"是昆明的光荣，是云南人民的光荣，云南有光荣的历史，远的如护国，这不用说了。近的如"一二·一"，都是属于云南人民的，我们要发扬云南光荣的历史！（听众表示接受）

反动派挑拨离间，卑鄙无耻，你们看见联大走了，学生放暑假了，便以为我们没有力量了吗？特务们！你们错了！你们看见今天到会的一千多青年，又握起手来了，我们昆明的青年决不会让你们这样蛮横下去了！

反动派，你看一个倒下去，可也看见千百个继起的！正义是杀不完的，因为真理永远存在！（鼓掌）

历史赋予昆明的任务是争取民主和平，我们昆明的青年必然完成这任务！

我们不怕死，我们有牺牲的精神，我们随时像李先生一样，前脚跨出大门，后脚就不准备再跨进大门！（长时间热烈的鼓掌）

在鲁迅追悼会上的讲话

鲁迅先生死了,除了满怀的悲痛之外,我们还须以文学史家的眼光来观察他。我们试想一下,在中国文学史上的人物中,支配我们最久最深刻,取着一种战斗反抗的态度,使我们一想到他,不先想到他的文章而先想到他的人格的,是谁呢?是韩愈。唐朝的韩愈跟现代的鲁迅都是除了文章以外还要顾及到国家民族永久的前途,他们不劝人作好事,而是骂人叫人家不敢作坏事。他们的态度可说是文人的态度而不是诗人的态度,这也是诗人与文人的不同之点。

……我跟鲁迅先生从未见过,不过记得有一次,是许世英组阁的时候,我们教育界到财政部去索薪,当时我也去了,谈话中间记得林语堂先生说话最多,我是一向不喜欢说话的,所以一句也没有说,可是我注意到另外一个长胡须的人也不说话,不但不说话,并且睡觉。事后问起来,才知道那位就是鲁迅。

五四历史座谈

时间——三十三年五月三日晚
地点——联大新舍南区十号教室

刚才周炳琳先生报告了五四时候北大的情形，五四运动的中心是在北大，而清华是在城外，五三那天的会不能够去参加。（记者按：周炳琳先生方才说到五三晚上北大学生集会于北大第三院大礼堂，决定次日的游行示威。）至于后来的街头演讲，清华倒干得很起劲，一千多人被关起来，其中有许多是清华的。我那时候呢？也是因为喜欢弄弄文墨，而在清华学生里当文书。我想起那时候的一件呆事，也是表示我文人的积习竟有这样深：五四的消息传到清华，五五早起，清华的食堂门口出现了一张岳飞的《满江红》，就是我在夜里偷偷地去贴的。所以我今天看了许多同学的壁报，觉得我那时候贴的东西真太不如今天你们的壁报了。我一直在学校里管文件，没有到城里参加演讲，除了有一次特殊的之外。那年暑假到上海开学生总会，周先生（炳琳）代表北大，我代表清华到上海听过中山先生的演讲，我的记忆极坏，此外没有甚么事实可以报告，只知道当时的情绪，就像我的贴《满江红》吧！

方才张先生说五四是思想革命是正中下怀，（记者按：张奚若先生说到："辛亥革命是形式上的革命，五四则是思想革命。"）但是你们现在好像是在审判我，因为我是在被革的系——中文系里面的。但是我要和你们里应外合！张先生说现在精神解放已走入歧途，我认为还是太客气的说法，实在是整个都走回去了！是开倒车了！现在有些人学会了新名词，拿他来解释旧的，说外国人有的东西我国老早就都有啦！我为什么教中国文学系呢？五四时代我受到的思想影响是爱国的，民主的，觉得我们中国人应该如何团结起来救国。五四以后不久，我出洋，还是关心国事，提倡 Nationalism，不过那是感情上的，我并不懂得政治，也不懂得三民主义，孙中山先生翻译 Nationalism 为民族主义，我以为这是反动的。回国以后在好几次的集会中曾经和周先生站在相反的立场。其实现在看起来？那是相同的，周先生：你说是不是？我在外国所学的本来不是文学，但因为这种 Nationalism 的思想而注意中文，忽略了功课，为的是使中国好，并且我父亲是一个秀才，从小我就受诗云子曰的影响。但是愈读中国书就愈觉得他是要不得的，我的读中国书是要戳破他的疮疤，揭穿他的黑暗，而不是去捧他。我是幼稚的，但要不是幼稚的话，当时也不会有五四运动了。青年人是幼稚的，重感情的，但是青年人的幼稚病，有时并不是可耻的，尤其是在一个启蒙的时期，幼稚是感情的先导，感情一冲动，才能发出力量。所以有人怕他们矫枉过正，我却觉得更要矫枉过正，因为矫枉过正才显得有力量。当时要打倒孔家店，现在更要打倒，不过当时大家讲不出理由来，今天你们可以来请教我，我念过了几十年的经书，愈念愈知道孔子的要不得，因为那是封建社会底下的，封建社会是病态的社会，儒学就是用来维持封建社会的假秩序的。他们要把整个社会弄得死板不动，所以封建社会的东西是要不得的。我相信，凭我的读书经验和心得，他是实在要不得的。中文系的任务就是要知道他的要不得，才不至于开倒车。但是非中文系的人往往会受父辈诗云子曰的影响，也许在开倒车……

负起五四的责任是不容易的，因为人家不许我们负呀！这不是口头说说的，你在行为上的小地方是会处处反映出孔家店的。